成り上がり弐吉札差帖

貼り紙値段

千野隆司

角川文庫
24044

目次

主な登場人物

弐吉　浅草森田町の札差・笠倉屋の手代。幼い頃、侍の狼藉がもとで両親を亡くし、天涯孤独となった。

金左衛門　笠倉屋の主人で、やり手の札差。奉公人から婿に入った。

清蔵　笠倉屋を支える番頭。商人としての矜持と厳しさがある。

貞太郎　笠倉屋の跡取り息子。商売への興味が薄く、外で遊んでばかりいる。

猪作　笠倉屋の手代。

お文　笠倉屋の仲働きの女中。清蔵とは遠縁の間柄。

お浦　浅草元旅籠町の小料理屋・雪洞（ぼんぼり）の娘。

城野原市之助　南町奉行所定町廻り同心。浅草・外神田界隈が縄張り。

冬太　城野原の手先。行き場がなく、ぐれていたところを城野原に拾われた。

前章　うまい話

一

　酷暑の日差しが、通りを照らしている。八つ半（午後三時）をやや過ぎたあたりだ。幅広の蔵前橋通りの彼方には、陽炎が立っていた。きらきらと眩しい。小僧が店の前に水をまくが、すぐに乾いてしまう。道行く人は、日陰を選んで歩いて行った。

　蟬の音が、絶え間なく聞こえてくる。

　五月の切米があった翌月の天明八年六月二十二日のことだ。札差笠倉屋には、金談に現れた直参の札旦那が、土間の縁台に腰を下ろして順番を待っていた。切米が過ぎて一か月、そろそろ直参の懐具合が厳しくなってくる頃だろうか。

出入り口の戸は開け放ったままにしているが、風が抜けない。札旦那たちは、汗を拭き拭き扇子を使っていた。

手代になって間のない弐吉だが、対談方（貸出方）として訪れた札旦那の対応をしていた。札差の主な仕事は直参の給与である禄米の代理受領とその換金だが、それだけではない。次年度以降の禄米を担保にして、金を貸した。

これは公儀も認めていて、年利は一割八分までとされていた。

天下の直参と威張ってみたところで、暮らしてゆくためには銭が要る。物価は上がっても、禄高は出世をしなければ変わらない。侍は他に稼ぐ手立てがないので、急な出費の折には札差から銭を借りた。

「六歳の子どもが胃の腑の病でな。薬代がいる。親として、見捨てるわけには参らぬであろう」

「相当にお悪いので」

「うむ。苦しんでおる。見るに忍びぬ」

肩を落とした。

札旦那は杉尾股十郎という、三十四歳になる無役の直参だった。子どもは七人いると聞いていた。家禄は七十俵だが、無役なので公儀へ小普請金を上納しなくてはならない。

暮らしが楽でないのは、相手をしている弐吉にも分かっていた。

「痩せてゆくばかりでな。このままでは、命がどうなるか分からぬ」

「それは案じられますね」

神妙に言葉を返す。ただ金を借りに来た者は、おおむね大げさなことを口にする。

「そういうことだ、なんとか借り受けたい」

杉尾は言った。

「困りました」

弐吉は沈痛な表情になって返した。杉尾家には、すでに三年先の禄米まで担保にして金を貸していた。そして六年前に貸した金子も、完済されないでいる。取りはぐれのない禄米が担保だとはいっても、際限なく貸すわけにはいかない。年ごとの禄米で、直参は食べなくてはならなかった。

杉尾家は、貸せる限界を超えていた。

「しかしな、このままでは」

なかなかにしぶとい。

天明になって飢饉が続き、米価は上がった。それは禄米取りには都合がよかったが、それ以上に諸物価が上がってしまった。

笠倉屋に出入りする札旦那の多くが、額の多い少ないはあっても、金を借りに来ていた。

札差は、蔵前の御米蔵から支給される現物の米俵を、札旦那の代わりに順番を待って受け取りそれを金に換えるのが本来の仕事だ。これは、武家にとってはもともと面倒なことだった。

札差は、便利な存在だといっていい。

しかし米を受け取る手数料として得られる札差料は、蔵米百俵につき金二歩と決まっていた。さらに現物の米を問屋に売却する売側と呼ばれる手数料は、百俵で金一歩とされている。

これでは、札差の儲けはたかが知れていた。また年に三度の切米（禄米支給）の折にしか仕事がないことになる。そこで公儀は、直参相手に札差が金融をおこなうことを認めた。

金に困っていた直参たちは、これを歓迎した。

札差は直参の便宜を図るためにという建前のもとに金を貸したが、有利の金貸し業といってよかった。商いとして金を貸したのである。情があってのことではなかった。情にほだされていては、金貸し業は成り立たない。

とはいえ相手が札旦那である以上、「貸せない」と突っぱねるわけにはいかない。希望通り貸せなくても、納得して帰らせなくてはならなかった。それが手代としての腕だった。

弐吉は、辛抱強く杉尾の言葉を聞いた。途中で遮ったりはしない。吐き出させるだけ出させたところで、弐吉は伝えた。

「それでは、銀五匁(もんめ)をお貸ししましょう」

「うーん、しかたがない。それでもよかろう」

杉尾はそれで引いた。もう借りられないことは、薄々分かっているはずだった。懐に金子を押しこむと、引き揚げていった。

銀五匁というのは、手代の裁量で貸せるぎりぎりの範囲内のものだ。これも一度や二度ならば受け入れられるが、三度四度となれば貸せない。

弐吉は、噴き出た汗を手拭(てぬぐ)いで拭いた。暑さだけの汗ではなかった。

侍は、町の者に対しては横柄で威張っている。人を人とも思わないところがあった。弐吉は、傲慢(ごうまん)な武家には根深い恨みを持っていた。弐吉の父弐助(にすけ)は、十年前に侍の理不尽な狼藉(ろうぜき)がもとで命を失った。そして残された母は、弐吉を育てるために働き、二年後に過労で亡くなった。

両親は、江戸生まれではなかった。兄弟のない弐吉には縁者もなく、天涯孤独の身の上となった。

「いつかは狼藉を働いた侍を捜し出し、おとっつぁんの仇を取ってやる」

幼心に誓った。

侍は絶対の存在に見えたが、笠倉屋へ奉公して、金に窮する直参の姿を目にしたときには驚いた。

侍が、金を借りるために町人に頭を下げる。そんなことがあるのかと仰天した。銭の力だと知った。

「札差は、面白い稼業だ」

と思った。一生を懸けるのにふさわしい。

「おや」

上がり框のところに、古い煙草入れが置いてあるのに気がついた。今まで杉尾が腰を下ろしていた場所だ。引き揚げてしばらくたったが、気づかなかった。

弐吉は持って、慌てて店の外へ出た。しかし杉尾の姿は、蔵前橋通りには見えなかった。炎天の日差しがあるばかりだった。

「仕方がない」

店を閉じた後で、届けてやろうと思った。なければ困るに違いない。

それから弐吉は、店に戻った。店の中を見回した。まだ猪作と桑造の二人の手代が、札旦那の相手をしていた。店にはもう一人、佐吉という手代がいて、この四人が札旦那の相手をした。

猪作は弐吉よりも二歳年上の二十歳だ。年長の佐吉が二十二歳で、桑造は十九歳になる。

弐吉は、手代になってまだ間もない。けれども小僧のときからその仕事ぶりには注意をしていたので、戸惑うことはなかった。あんなとき、こんなとき、自分はどうしようと考えていた。

帳場格子の奥には、笠倉屋の主人金左衛門と番頭清蔵が座っている。金左衛門は四十二歳で、奉公人から認められて婿になった。なかなかのやり手で、札差仲間からの信頼も厚かった。女房のお狛は気の強い家付き娘で、姑のお徳も一筋縄ではいかない傲岸な婆さんだが、商いには口出しをさせなかった。

この金左衛門を支えたのが、先代のときから奉公をしている番頭の清蔵だった。五十一歳で、笠倉屋の子飼いの奉公人だ。奉公をしたときから米俵を担っていたから、矍鑠(かくしゃく)としている。

そこへ若旦那の貞太郎(さだたろう)が姿を見せた。金左衛門と清蔵の二人がいるのを目にして、わずかに戸惑う様子を見せた。

「どこへ行っていた」

金左衛門が、鋭い声を投げかけた。

「おっかさんとお婆様のところで」

お狛とお徳は、貞太郎を溺愛(できあい)している。本当かどうか分からないが、貞太郎は留守の言い訳に二人を使う。金左衛門にしても清蔵にしても、商いでは絶対だが、奥向きのことになると口出しができない。

貞太郎は二十歳になるが、商いよりも遊びに関心を持っている。見栄(みえ)っ張りで、辛抱が利かない。商家として盤石だとされる笠倉屋だが、その屋台骨が揺らぐことがあるとすれば、この跡取りが原因になるだろうと噂されていた。

弐吉は、最後の札旦那を送り出して店の外に出た。日差しは西空の低いあたりに移っていた。それでも差しかけてくる日は、膚(はだ)を刺すように強かった。

「弐吉さん」

声をかけてくる者がいた。若い娘の声だ。浅草元旅籠町(あさくさもとはたごちょう)の小料理屋雪洞(ぼんぼり)で、手伝いをしているお浦である。お浦の母親お歌が商う店で、札差や大店の番頭といった人たちが通ってくる店だった。

二年ほど前に、野良犬に噛まれそうになっているところを助けてやった。それ以来、顔を見ると伝法な口調で話しかけてくる。弐吉がめげているときは、口に飴玉を押しこんできた。それで救われたことがある。

ただ、一つ歳下のくせに歳上のような口の利き方をするのだけは気に入らない。

「昨日、貞太郎さんと猪作さんが、うちに酒を飲みに来たよ」

お浦は上手にそらしているが、貞太郎はお浦にも気があるらしかった。

「私のことを、話していたのですね」

「まあね。手代になったばかりなのに、うまくやっているのが気に入らないみたい」

そう言って、うふふと笑った。

弐吉は、貞太郎や猪作からは嫌われている。小僧のときは、飯抜きの目に遭わされたり、暴行を受けたりした。一年半前くらいから、目の敵にされるようになった。追い出したいのだろうと感じている。

しかし弐吉にしてみれば、笠倉屋を出たならば、どこにも行き場がない。気にしても仕方がないので、今ではなるべく関わらないようにしていた。

「あいつら、何か企むから気を付けた方がいいよ」

言い残したお浦は、そのまま小料理屋雪洞の方へ駆けていった。

二

猪作は、貞太郎に店の裏手へ呼ばれた。札旦那はすべて引き揚げて、店の中が広く感じる。そろそろ夕暮れどきだが、昼間の暑さは居座ったままだった。薄暗がりで向き合うと、耳元に口を寄せてきた。

「大事な仕事だ」

いかにも、秘事を伝えるといった口ぶりだ。

貞太郎は若旦那とはいっても、仕事はほとんどできない。前に札旦那と対談をして、脅されて震え上がった。帖付けや算盤はなんとかできるが、それだけでは札差の若旦那は務まらない。

ただ一つだけ、猪作が逆立ちをしても及ばない誰もが羨むものを持っていた。笠倉屋の跡取りに生まれたという点だ。

「どうにもならない」

と胸に言い聞かせていた。だから今は、逆らわぬようご機嫌取りをしている。ただ「いつかは見ていろ」という気持ちは、胸に秘めていた。

猪作は、上総の貧しい漁師の家の三男坊に生まれた。酒飲みの親父や身勝手な兄に殴られて育った。笠倉屋へ奉公が決まったときは、清々した。

気に入らないやつは、痛めつけていられなくさせればいい。膂力や銭のあるやつには、ご機嫌取りをして気に入られれば、得があると考えながら過ごした。弱い者からは、食い物や菓子を奪った。

だから上総にいたときから、人を値踏みすることを覚えた。それが腹を満たす手立てだった。貞太郎は何のとりえもない男だが、若旦那という点で使い道がある。だから近づいた。

自分は笠倉屋で、清蔵のような立場になってやると企んでいた。金左衛門と違って、貞太郎は盆暗だ。

なくてはならない存在になってしまえば、思い通りに動かせる。

他の奉公人なんて、目ではないと見縊っていた。しかし一年半くらい前から、弐吉について気になってきた。

「こいつは、今に強敵になる」

客扱いから物言いにいたるまで、他の小僧とは違った。こうだと自分がした判断には、狂いがない。

芽を出す前に、いつか追い出してやろうと思っていたが、できないままに手代になってしまった。このままにはしておけない。弐吉を追い出す機会と、金左衛門や清蔵に自分を認めさせる好機を探していた。

「よく聞け」

「はい」

珍しく、貞太郎の声に緊張があった。何を言い出すのかと警戒した。

「おまえだから見込んで頼むのだが、百両を今夜密(ひそ)かに運んでもらいたい」

「えっ」

仰天した。百両を夜に、というところが心の臓をひりりとさせた。

笠倉屋では、高額な金子(きんす)の支出には、必ず金左衛門や清蔵が関わった。しかも百両というのは、たとえ札差でも高額の部類となる。それを店の裏手の薄暗がりで、貞太郎が指図してきた。

「旦那さんや番頭さんは」

「私の才覚さ」

誇らし気に言った。

「どういうことですか」

金左衛門や清蔵から出る金ではないらしい。となるとお狛とお徳からか。貞太郎は、自分では稼げない。遊びの金は、母と祖母が出していた。

「それも商人（あきんど）として、大きくなるためさ」

と甘やかしてきた。婿の金左衛門は、商い以外のことでは何も言えない。

「私ならではの、商いをするのさ」

「それは、頼もしいですが」

まずは立てる。商いの才覚などまるでないが、それを猪作が口にしたら、すべてが終わる。

「あまりにも、額が大きいので」

これは本音だ。できれば関わりたくない。夜ということも含めて、不穏な気配がある。

「それはそうだ。大勝負だ」

胸を張っている。

「そんなこと、よろしいので」

気持ちは怯んでいた。

「何だ、おまえは力を貸すのが嫌だというのか」

貞太郎は、短気でわがままだ。気に入らないとなれば、へそを曲げる。これまでの行きがかり上、それはまずかった。

今は、「やれ」と言われたらやるしかない。ただ事情は訊いておかなくてはならなかった。

「貼り紙値段というものを知っているな」

「もちろんで」

貞太郎は声を落として言っていた。

貼り紙値段とは、二月、五月、十月にある切米について、事前に公儀がその値を明らかにさせた。公定価格といったものだ。

江戸城内中の口に、貼り紙をして知らせた。札差や米問屋は、その値を踏まえた商いをする。これは幕府米だけでなく、諸藩の米や、商人が独自で仕入れる商人米にも、影響を及ぼした。

「その値が私にだけ、貼り出される数日前に知らされるとなったらどうだ」

「まさかそんな」

ありえない話だ。直参蔵米取りの暮らしを左右する、公儀の極秘事項だ。一部の商人になど知らされるわけがないし、漏らしたならば腹を切るだけでは済まない。

「それでも伝えられたら、どうか」

「商いに生かせそうですね」

猪作は、固唾を呑みながら答えた。うまい話ではあると感じた。百両で聞き出そうという話である。

「そういうことだ」

貞太郎は得意そうに一つ頷いてから続けた。

「値が分かった時点で、直参に安く売らせる」

「貼り紙値段を知らせずにですね」

「もちろんだ。値が明らかになった後で売れば、数日で利鞘を稼げる」

数が多ければ、それだけ大きな利になる。一日でも早く金子が欲しい札旦那は、いくらでもいる。

「しかしそれは」

札差がしてはいけないことである。独占的な買い手という立場で、値が高くなることを承知の上で買い叩く行為になるからだ。直参を助けるのが、本来の札差の役目ということになっている。公儀の施策に反する行為といってよかった。

「これまで以上の、利を出すことができるのだぞ」

貞太郎は胸を張った。

「なるほど」

とは思った。

「しかしその金高を、どなたが漏らすので」

いい加減な話ならば、損をするのはこちらだ。

「そこだ」

貞太郎は、口を猪作の耳に近づけた。

「御奥御祐筆組頭の下曽根茂右衛門という方だ」

「はあ」

聞かない名だった。

「祐筆という役があるのは知っているな」

「営中の書記を掌るお役目だと」

「うむ。祐筆には表祐筆と奥祐筆がある」

表祐筆は諸事の記録掛だが、奥祐筆は老中など幕閣の秘事に関わる内容を記録する。重い役目なのだと伝えてよこした。

「では貼り紙値段は、その下曽根様が」

「組頭だからな。そう聞いている」

「ならば、百両は」

「下曽根様の御用人阿久津良助様に渡す」

「では、百両の受取証を貰ってくるわけで」

「馬鹿な。そのようなことをしたら、証拠が残るではないか」

貞太郎は嘲笑った。あくまでも不正だ。機密事項漏洩に関する、収賄と贈賄ということになる。

「しかしそれでは、渡す相手が何者か分かりません」

「うむ。その通りだ。そこで信頼のできるおまえに運んでもらう。駿河台の下曽根屋敷までな。そこで阿久津様を呼び出すのだ」

「本人だと確かめて、渡すわけですね」

「そうだ。それならば間違いない」

話を聞く限りやれそうな気がしたが、腑に落ちないことはまだあった。

「しかし若旦那は、どうして下曽根様とお知り合いになられたわけで」

　下曽根家は、笠倉屋の札旦那ではない。公儀の重要な役目を果たす旗本に、貞太郎が知り合えるとは思えなかった。

「下曽根家には、飯岡屋という呉服屋が出入りしている」

　日本橋富沢町にある老舗だそうな。主人は庄兵衛で番頭は八之助なる者だとか。

　貞太郎は続けた。

「飯岡屋は、うちの札旦那黒崎家にも出入りをしている」

「ほう」

　黒崎家は家禄四百俵で、御納戸組頭を務めている。笠倉屋の札旦那で、最も高禄の者だった。

「では、ご用人の篠田様からのお話で」

　篠田申兵衛は、黒崎家の用人だ。

「その篠田様が、八之助さんを紹介してくださった」

「阿久津様と八之助さんとはお会いになられたので」

「もちろんだ。三人で酒を飲んだぞ。場所は飯岡屋の離れの座敷だった。もてなしたのは、飯岡屋だ」

　行ったらすでに離れ座敷に阿久津がいて、驚いたとか。

「黒崎家が関わっているならば」

と、猪作は思った。笠倉屋にとって、黒崎家の存在は大きい。密かに悪事を働く者かどうかは別として、旗本としては頼れる相手だ。しかしもう一つ、気になることがあった。

金左衛門と清蔵が、この件を承知していないことだった。

「本当に、旦那さんや番頭さんに知らせないまま、進めてよろしいのでしょうか」

疑念を伝えた。貞太郎は、さらに声を潜めて言った。

「商いをする以上、多少の不正はどこででも行われている。見つからなければ、かまいはしないのではないか」

「それはそうですが」

その考えは、猪作にもある。ただ金左衛門と清蔵がどう受け取るかは別だった。

黒崎家や下曽根家も乗るという話だ。

「百両は、得体の知れぬ者に渡すのではない。下曽根家のもとへ持って行き、おまえが用人の阿久津様に渡すのだ」

「はあ」

「私はこれでも跡取りだ。金は、おっかさんやお婆様から出る。儲けが出れば、何も言わせやしないよ」

貞太郎は自信ありげだった。

「これで私も、おとっつぁんや清蔵を見返してやるんだ」

お狛とお徳が承知している話だ。ここまで聞いたら、もう引き返せないと思った。

「ならば運びましょう」

猪作は承知した。うまくいけば、自分も店の利益に貢献したことになる。弐吉を出し抜ける。

背後を誰かが通った。見ると弐吉だった。話を聞かれたかと思ったが、それはないはずだった。やや離れていたし、声も落としている。

後で話を聞いて、さぞかし驚くことになるだろう。それは愉快だ。

第一章　百両強奪

一

店を閉じてほどなく、暮れ六つ（午後六時頃）の鐘が鳴った。猪作は人のいない倉庫前で貞太郎からずっしりと重い袱紗の包みを受け取った。全身に、じわりと汗が滲み出たのが分かった。

「しっかり頼むよ」

「はい」

猪作は、金子を懐に押しこんだ。先ほど百両の輸送の話を聞いてから、ずっとこのことが頭の中で大きな場所を占めていた。嫌われてもいいから断った方がいいのではないかとも考えたが、儲け仕事に関わりたいという気持ちもあった。

「どうせ百両は、自分の金ではない」

そう考えることにした。

供には万一のことを考えて、小僧の竹吉を選んだ。竹吉には、何のためにどこへ行くかは伝えていなかった。

店では小僧たちが片付けをしていたが、弐吉の姿は見えなかった。聞けば札旦那の忘れ物を、本所の屋敷まで届けに行っているらしい。ご機嫌取りなどしても仕方がない、家禄七十俵の家だった。

そういうところも気に入らない。

「いい人ぶりやがって」

と思うのだ。

「見ていろ、おまえなんか」

胸の内の呟きが、声になって出た。

蔵前橋通りを歩いている間は、町の明かりもあってそれなりの人通りがあった。しかし神田川の北河岸の道に出ると、人気がめっきり少なくなった。

竹吉に提灯を持たせ、猪作はその後ろを歩いた。夜になってもまだ暑さは残っているが、川風が吹き抜けてゆくときには心地よさを感じた。

ただ歩いていると、懐の百両の重さが身に染みてくる気がした。これだけの高額を、自分が主体になって運ぶのは初めてだ。着物の上から、両手で押さえた。汗が滲み出てくる。息苦しいくらいだ。

たまに提灯を手にした人とすれ違う。このときは緊張した。久右衛門町河岸と呼ばれるあたりで、新シ橋に近い。薪炭屋や材木屋の倉庫が並ぶ町だ。

そこでいきなり、背後から駆け寄ってくる足音を聞いた。どきりとした。歩みが遅くなった。

近付いて来る足音は一つだ。そのまま追い越して、先へ行ってほしかった。心の臓が早鐘を打っている。

黒い影が横に現れた。追い越しざまに立ち止まって振り向いた。

息が止まるかと思うほど驚いた。足が動かなくなった。竹吉の手にした提灯が、現れた黒い影を照らした。侍で、顔には布を巻いていた。

ものも言わず、刀を抜いた。

「ひっ」

竹吉が声を上げたが、悲鳴にはなっていなかった。

侍は前に出ながら、刀を横に払った。提灯が飛んで、燃え上がった。同時に竹吉が地べたへ倒れ込んだ。

「わあっ」

ここで猪作は叫んだ。命に代えても守らなくてはならない金だが、相手は刀を抜いた侍だった。賊は一人だ。

猪作はかまわず逃げようとしたが、背中に衝撃があって倒れた。斬られたのだと思った。

倒れても、懐の百両は守らなくてはならない。賊が屈みこんで、手を伸ばしてきた。猪作は倒れながらも、懐を押さえた。

しかし賊の力は強い。抗う間もなく、奪い取られた。あっという間のことだった。

「追剝か」

そういう声がどこかから聞こえたが、下腹に拳を入れられ猪作は気を失った。

冬太は南町奉行所定町廻り同心の城野原市之助と別れて、八丁堀水谷町の長屋へ帰ろうとしていた。一日、城野原について町廻りの供をした。

城野原は、浅草や外神田界隈を町廻りの区域としていた。冬太は、神田川の北河岸を東へ歩いてきて、新シ橋を南へ渡るつもりだった。日が落ちてもすぐには暑さが消えず、手拭いで何度も額や首筋を擦った。

ここで、乱れた足音と男の叫び声を聞いた。道の先に目をやると、火の玉が上がったのが見えた。直後、提灯が燃えたのだと分かった。

倒れた男がいて、さらに刀を抜いた侍が、もう一人の町人に斬りかかろうとするところだった。

「追剝か」

腰の房のない十手を抜いて、駆け出した。侍が、刀を抜いて町人二人を斬り倒したのである。燃えた提灯の明かりで、それが見えた。

侍は屈んで、その内の一人の懐から、財布らしきものを奪い取ったのが分かった。賊が浪人者か主持（しゅうも）ちの侍か、区別はつかない。

地べたに落ちた燃える提灯は、徐々に消えそうになっていた。

侍はすぐに、その場から離れた。橋は渡らず、北に延びる新シ橋通りへ駆け込んだ。

「待ちやがれ」

追いかけたが、人気のない道で町の明かりもない。足音は遠ざかり、闇の中に逃げ込まれてしまった。

仕方なく、襲撃現場に戻った。するとそこには、提灯を手にした通行人や騒ぎを聞きつけた近くの住人が出てきていた。

「しっかりしろ」

倒れている者に声をかけた。刀で斬られたように見えたが、血のにおいはしなかった。二人は気絶していただけで、斬り傷はなかった。峰打ちでやられたと窺えた。

体を揺すると、意識を取り戻した。

そして襲われた二人が、顔見知りだと分かった。札差笠倉屋の猪作と竹吉だった。

向こうも、こちらに気づいたらしかった。

猪作は懐をまさぐってから、驚愕の顔になった。慌てて立ち上がって、周囲を見回した。目が、襲った賊を捜していた。

様子を見ていた冬太は問いかけた。

「よほど大金を盗られたのだな」

「ええ。あ、いや、そ、それほどでも」

慌てた口調で、猪作は言葉を返した。

「いくら盗られたのだ」

その問いに猪作は、少しばかり考えてから答えた。

「銀十匁です」

昼間対談をした、札旦那に届ける途中だったとつけ足した。

「それは、どこの誰か」

「うちの札旦那で本郷にお屋敷がある田近様のところです」

　笠倉屋の札旦那だとか。

「頼まれていたのか」

「そうではなく、昼間お越しになってお困りの様子だったので、お届けしようかと」

「ふうん」

　腑に落ちないものが残った。銀十匁にしては、ずいぶんな慌てようだと感じたのである。

　襲われたという衝撃はあったとしても、納得がいかない。口には出さないが、今でも怯えている様子があった。小僧の竹吉にも訊いた。

「ついてくるようにと言われて」

　行き先も告げられずついて来た。

「銀十匁のためにか」

　供などいらないと感じる。また冬太自身の記憶でも、賊が懐から奪ったのは、そんな少額ではないと見ていた。

「何か、隠しているな」

胸の内で呟(つぶや)いた。

「襲った者に覚えは」

「ありません」

猪作も竹吉も首を横に振った。

「店まで送ろう」

「いや、それには及びません」

「また何かあったら一大事だからな」

そう言って、無理やりついていった。強奪とはいっても、猪作の言葉通りだとすれば、銀十匁という少額だ。峰打ちだから、気絶はさせられたが大怪我にはなっていなかった。

これだけならば、大きな犯罪とはいえない。

城野原に口頭で伝えて終わってしまうような話だが、何か潜んでいそうな気配があった。

店へ行くと、清蔵が対応した。

「いったい、何がありましたので」

猪作と竹吉の、常と違う様子を目にして問いかけてきた。

清蔵は、猪作が出ていたことさえ知らなかった。冬太が、事件のあらましを話した。その途中で、慌てた様子で貞太郎が出て来た。

「か、金はどうした」

銀十匁の驚きではなかった。

「田近様にお貸ししようとしていた、銀十匁を奪われました」

次に貞太郎が何か言う前に、猪作が口にした。

「そ、そうかい」

唾を呑み込んでから、貞太郎は続けた。

「お世話になりました」

襲われた件を伝えると、貞太郎は冬太に銭を握らせた。

「怪我をしたわけではありません。どうぞ大きなことになりませんように」

と頭を下げた。訴える気持ちはないという話だ。

清蔵は何も言わない。やり取りを見ているだけだ。詳細を聞いた上で、どうするか決めようとしているらしかった。

「そうかい」

何かある、という気持ちは消えない。しかし今夜のところは、これで引くことにした。

二

弐吉は、本所の杉尾屋敷から急いで戻って来た。杉尾は留守だったが、跡取りらしい子どもに煙草入れを届けることができた。賢そうな面立ちだった。

そして笠倉屋の裏口から建物に入った。

店の土間に足を踏み入れた弐吉は、そこで立ち尽くした。店の板の間には清蔵と冬太の姿があった。

日頃何事にも強気なふうを見せる猪作が、青菜に塩といった様子で肩を落としている。何か話している貞太郎の慌てぶりも、尋常なものではなかった。ついぞ見かけない光景に、弐吉は息を吞んだ。

体を硬くしてやり取りに耳を傾けた。土間には他にも奉公人がいるが、表情を硬くして様子を見詰めている。

猪作が襲われて、銀十匁が奪われたという話らしい。けれども、銀十匁で済む話でないのは明白だった。

冬太はさらに問いかけをしたい様子だったが、貞太郎が追い返した。清蔵が、猪作を帳場の奥へ呼んだ。

「詳しい話をしてもらおう」

小僧を使って、金左衛門も呼んだ。貞太郎も加わった。弐吉は、聞き耳を立てた。

「なぜ銀十匁を田近家へ届けようとしたのか」

「今になって、不憫と思いましたので」

清蔵の問いかけに、わずかに迷った様子を見せてから猪作が答えた。確かに今日の昼過ぎ、田近は金を借りようと、店に来て猪作と対談をしていた。

そのときは、貸し出しをしなかった。猪作はきっちりしていて、何を言われても情で動かされる者ではなかった。理詰めで話を進めた。札旦那が少々脅したところで動じない。

だから有能という声もあった。

銀十匁を運んだのは、猪作らしい動きではなかった。まったく有り得ない話とは言いきれないが、それならば清蔵に一言伝えるべきだった。銀十匁とはいっても、店の金だ。また竹吉を供にする必要もなかった。

「おかしくはないか」

清蔵は、そんな説明で納得はしない。猪作の体が、ぴくりと震えた。

そこで貞太郎が口出しをした。

「どうしたらいいか、私が猪作から問いかけを受けました」

「田近様についてだな」

と金左衛門。金左衛門も、いいかげんな説明で納得する者ではない。この二人がいるから、笠倉屋の家業は盤石といわれている。

そもそも商いのことで、貞太郎に相談をする奉公人など一人もいない。

「しかし銀十匁のために、わざわざ竹吉を伴ったのはなぜだ。その必要はあるまい」

清蔵が問い詰めた。

「それは竹吉に、札差商いについて伝えたいことがありましたもので」

「二人で話をしながら、出向いたわけか」

「さようでございます」

猪作は恭しく、頭を下げた。清蔵は、竹吉を呼んだ。竹吉は、この場にはいなかった。

「店を出てから、おまえは猪作とどのような話をしたか」

「ええと。ほとんど何もしませんでした」

竹吉は、あっさりと答えた。

「何を言うか、商いについて、もろもろの話をしたではないか」

猪作は、威圧するような言い方をしていた。竹吉は言葉を返せず、怯えた目で猪作を見返した。

「もういい」

竹吉を解放したのは、清蔵だった。

「おまえは、嘘を言っている」

猪作に対して、金左衛門が決めつけた。清蔵も頷いている。

「侍に襲われるというのはただ事ではない。峰打ちだったとしてもな。そもそも銀十匁を奪われたというのが、嘘臭い」

「…………」

答えられない猪作は、額に噴き出る汗を着物の袂で拭いた。

「おまえはそのとき、それ以外の銭を持っていなかったのか」

「いえ、それは」

「持っていたのであろう。それは賊に奪われなかったのか」

「と、盗られました」

慌てたように言い足した。

「いかほど入っていたのか」

「銀で、五匁ほど」

「なぜそれを、初めに言わなかったのか」

手代の持ち金として、少なくない額だ。

「それは」

答えられない。

「正直に言わなければ、この店にはいられなくなるぞ」

と迫ったのは清蔵だった。こういう時の清蔵の目は怖い。猪作は救いを乞うように貞太郎に顔を向けた。

貞太郎は、忌々し気な目を猪作に返した。

「おまえも、嚙んでいるのだろう」

金左衛門が貞太郎に言った。清蔵も頷いている。冬太がいたときからの様子を見ていれば、一目瞭然だ。

「話してみろ」

金左衛門と清蔵が睨みつけた。こうなると貞太郎は脆い。

猪作と組んで何か企んでいたらしいが、それは潰えたようだ。猪作に向けた、貞太郎の忌々し気な目の意味がそこにありそうだ。

「得心が行くまで、話していただきましょう」

清蔵が貞太郎に迫った。するとそこへ、お狛とお徳が顔を出した。やり取りを聞いていたようだ。

「私たちで金子を出したのですよ」

「金子ですって、いくらですか」

金左衛門が驚きの目を向けた。清蔵もだ。

「百両だよ」

「………」

あまりに高額だからか、誰もすぐには声を出せなかった。猪作は、追剝に百両を奪われた。しかしそれを、訴えることができなかった。ただ事ではない。

「どういうことか」

聞いていた弐吉は、胸の内で呟いた。

「貞太郎を、商人として大きくしたかったんだけどね」

お狛は、腹立ちの目を猪作に向けた。

それからお狛とお徳は、貞太郎と共に金左衛門と清蔵を奥の部屋へ連れていった。猪作もだ。店の帳場でする話題ではないということだった。

弐吉や他の奉公人が聞いている。

「何だろう。いったい」

「まさか店がどうにかなるような話ではないだろうが」

手代の佐吉と桑造が話した。

奥の部屋で、どのような話がなされるのか。おそらく貞太郎は、本当のところを話すはめになるだろう。清蔵は、とことん明らかにさせるまでやる。百両という金高が関わるとなれば、なおさらだ。

三

翌朝冬太は、炎天下の蔵前橋通りに立って、笠倉屋の店舗を見上げた。蝉の音が、あちらこちらから降ってくる。

荷車が、土埃（つちぼこり）を上げて通り過ぎた。行き来する人の姿もあって、蔵前橋通りの一日は始まっていた。

腰に差した房のない十手に、冬太は手を触れさせた。これは冬太の誇りだ。喧嘩(けんか)っ早くて向こう見ず。数年前までは、町の嫌われ者だった。賭場(とば)への出入りもしていたが、城野原に拾われて手先になった。

ぐれたくて、ぐれていたわけではなかった。まともな居場所ができて、ほっとした。今は後ろ指差されずに生きている。腰の十手が、その証(あかし)だった。

「金がうなっているように見えるがな」

笠倉屋の、間口の広い重厚な造りの建物が、夏の雲を背にして聳(そび)えている。いつ見ても、直参(じきさん)たちが出入りをしていた。

店が、盤石な商いをしていることを窺(うかが)わせる。

主人の金左衛門と番頭の清蔵は筋を通す一角(ひとかど)の商人だと思っていたが、昨夜の久右衛門町河岸の出来事や貞太郎の対応は、尋常ではないと感じていた。道で金子(きんす)を奪われたと気づいたときの猪作の動揺も、並大抵のものではなかった。

まず浮かぶ疑問は、賊の侍が、たかだか銀十匁を奪うために襲ったのかという点だ。侍は後ろから追いかけてきて、襲撃に当たった。

「どこからつけたのか」

札差の手代と知っていて、高額の金子を持っていると目星をつけて襲ったのならば、当てが外れたことになる。しかし冬太が目にした、懐から何か取り出す場面では、それなりの厚みと重さがあったように感じた。

ならばもっと高額だったのではないか。という次の疑問が湧く。銀十匁では、猪作はあそこまで動揺をしないだろう。

しかし高額ならば、奪われて黙ってはいまい。訴えるはずだが、貞太郎と猪作は、銀十匁だと言い張った。「どうぞ大きなことになりませんように」と告げた。

「その金について、後ろめたいことがあるのではないか」

と呟きになった。訴えられないわけがある。貞太郎については親に似ず、堅実な商人ではないというかんばしくない噂があった。

また賊は、斬り捨てずに峰打ちにした。これについてもわけがあるのか。あれこれ考えると、新たな疑問が湧いてくる。

あえて大げさなことにしようという気持ちはないが、簡単に済ませられる出来事ではないと感じていた。

予想外の悪事が、潜んでいそうなにおいがする。

「面白いぞ」

という気持ちもあった。

城野原の旦那には、朝一番で伝えた。城野原は正義感だけで動く人物ではないが、事実は突き止めようとする。

「貞太郎にたいしたことができるとは思えねえが、隠し事をしているのは間違いねえ」

「へえ」

「まあ、やってみろ」

と告げられていた。

笠倉屋の内情を知るには、親しくなった手代の弐吉に聞くのが早いと思われる。しかし弐吉は店の人間だから、はっきりしたことを言いにくいかもしれない。ならばいずれは尋ねるにしても、もう少し調べてからにしようと考えた。

ただ通りで水をまいていた、一番年下の小僧新助には声をかけてみた。

「昨夜手代の猪作が出かけたが、知っているな」

「へえ」

「何しに出かけたのか」

「さあ。若旦那のお使いだったと思いますが」

他のことは分からなかったが、それを聞けたのは大きかった。金左衛門や清蔵の命ではなかった。店の仕事ではない。あの折の二人の慌てぶりを思い起こすと、金左衛門や清蔵には内密で行ったことではないかとも察せられた。

「夜戻ってから後、変わったことはなかったか」

「奥で、大おかみさんやおかみさん、旦那さんらで話をしていました」

猪作が、襲われた顚末を話したのか。その話の内容は、小僧には分からない。知っていたとしても、口止めをされているだろう。

それから冬太は、昨夜猪作が銀十匁を届けると言っていた本郷の田近屋敷を訪ねた。敷地の広さや建物の格からして、家禄百俵程度の無役の直参と察せられた。訪ないを入れると、田近は屋敷にいた。

「確かに、昨日は笠倉屋へ参った。しかし借りることはできなかった。あやつは、情け知らずだ」

対談した猪作を、吝いやつだと罵った。

「その猪作ですが、昨夜こちらへ銀十匁を届けることになっていましたが、お聞き及びでしょうか」

「知らぬ。銀十匁でもあればありがたいぞ」

満足そうな顔になった。

「では今日になって、届けられましたか」

「来ておらぬ。けしからぬ話だ。届けるならば、早く持ってまいれ。もたもたしおって」

とまた猪作を罵った。やはり奪われたのは、田近に届けるつもりの金子ではなかったと考えられた。

「じきに何か、言ってくるでしょう」

それで田近の屋敷を引き揚げた。その後で冬太は、襲撃があった久右衛門町河岸へ足を向けた。事件の目撃者を捜したのである。

特に侍の、犯行後の動きについてだ。侍は猪作をつけて金を奪った。待ち伏せではなかった。

このあたりは材木商や薪炭商が多く、日暮れ以降になると人通りは少なくなる。だからここで襲ったと考えられた。つけていたわけだから、賊は猪作の行き先を知らなかったと推量した。

まず薪炭屋の小僧や手代に訊く。炭のにおいが鼻を衝いてきた。

「ええ、騒ぎ声が聞こえてから外に飛び出しました。何事かと思いましたよ」

襲った侍のことは分からない。黒い影に見えただけだった。襲撃があったと知ったのは、侍が立ち去った後だと口にする者もいた。

材木屋では、職人の一人が、襲撃の直後に通りに出た。闇に紛れ込む前の侍の後ろ姿を見た。そのときには、提灯（ちょうちん）を手に近寄って来た通行人もいた。後ろ姿が照らされた。

「侍は、主持ち（しゅうも）か浪人者か」

「あの身なりは、浪人ではないですね」

質素なものだが、きちんとした身なりで、主持ちの侍と見えた。

「札差（ふださし）の手代が襲われた。ならば恨みを持つ直参の仕業か」

冬太は呟（つぶや）いた。

四

猪作は、店で札旦那の相手をしている。心なしか元気がないのは、暑さのせいだけではなかった。弐吉とは目を合わせない。しくじりがあるからだろう。

事情は何であれ、百両を奪われたのは大きい。お狛やお徳が出したものでも、笠倉屋の金であることは間違いなかった。

あからさまに話題にする者はいないが、奉公人たちは動揺していた。

貞太郎は自室にこもったままで、店に出てこない。反省しているというよりも、不貞腐(ふてくさ)れているのだろうと弐吉は推量した。

昨夜奥の部屋で、どのようなやり取りがあったかは分からない。気にはなったが、尋ねるわけにはいかなかった。

粘る札旦那がいて、弐吉は昼食が遅くなった。一人で台所で食べていると、お文(ふみ)が顔を見せた。

お文は十九歳で、仲働きの女中をしている。清蔵の遠縁で、事情があって生まれ在所から出てきていると聞いていた。詳しいことは分からない。下働きの女中を使って、台所の差配をし、奥向きの用を足した。

一介の奉公人とは、別の扱いをされていた。寡黙で、笑顔はまったくといってよいほど見せない。

「もう少し愛嬌(あいきょう)があれば、可愛げもあるんだが」

手代たちが陰で言う。

だが、弐吉の印象は違っていた。弐吉は前に、猪作らの嫌がらせで飯抜きの憂き目に遭った。そのとき、黙って握り飯を拵(こしら)えてくれたのがお文だった。その後も気遣いをしてくれている。姿を見るだけで、気持ちが休まる存在になった。奥での出来事を、話してくれることもあった。

傍に来て言った。

「昨夜は猪作さんがしくじりをしたけれど、元はといえば、貞太郎さんの考えだったようで」

「そうらしいですね」

「金額が、あまりに大きいです」

「まったく」

「旦那(だんな)さんと番頭さんは、若旦那を諫(いさ)めようとしましたが。大おかみさんとおかみさんが庇(かば)いました」

「ほう」

「こういうことも商人(あきんど)として大きくなるためには必要なことだって」

昨夜お文は茶を運んだ時に、話を廊下で聞いたらしい。話の全体は分からないが、やり取りの一部は聞こえたらしかった。

面と向かっては何も言えないが、お狛とお徳の対応に腹を立てている様子だった。普段、不満を口にすることはほとんどないので驚いた。

清蔵に近い考え方をする。笠倉屋を自分の居場所と考えて、大事にしている気配があった。

昼飯を済ませて店に出ようとすると、清蔵から声をかけられた。供を命じられたのである。一人だけだった。

弐吉は、清蔵に従って歩いた。炎天下でも蔵前橋通りには、少なくない人や荷車が行き来している。

「冷っこい、冷っこい」

水売りが、呼び声を上げて通り過ぎた。

向かう先は南町奉行所で、城野原を訪ねるのだと教えられた。

「昨夜のことですね」

「そうだ」

奥の部屋で、どのような話がなされたかは、奉公人には伝えられない。お狛とお徳の対応を、お文から聞いただけだった。

清蔵は、弐吉を買ってくれている。貞太郎やお狛とお徳の反対を押し切って、弐吉を手代に引き上げてくれた。前髪を剃り、札差本来の仕事につけたことは嬉しかった。

という気持ちになっている。弐吉は札差として一人前になることで、侍に仕返しをしてやりたいと考えている。両親を死に追いやったのは、侍の身勝手さだ。その恨みは忘れない。

弐助に狼藉を働いた侍のことはもちろん許せないが、そこから武家全体への嫌悪が広がった。傲岸な目を向け、理不尽を押しつけてくる侍がいる。

そういう札旦那は、笠倉屋にも多数いた。

町奉行所へ向かって歩きながら、弐吉は昨夜の百両に触れてみることにした。触れてもよさそうな気がした。

「それにしても、大きな金額でございました。その額ならば、供は小僧一人では心細かったと存じます」

「うむ。貞太郎は焦っていて、深く考えなかったようだ」

昨夜は、そのことでも貞太郎を責めたらしい。猪作も竹吉を連れただけで大丈夫と考えたわけか。

「しかしな、問題はそれではない」

「はあ」

「さあ、これからだ」

「百両の使い道だ」

それを話してもらえるならば、聞いておきたかった。よほどのことだと思うから、気になっていた。

「切米(きりまい)の月になると、お城の中の口に、貼り紙が出るな」

「はい。大事な日でございます」

札差稼業に関わる者ならば、いや米商いに関わる者ならば、貼り紙値段に関心を持たない者はいない。直参(じきさん)のための知らせだが、誰もが公定価格を知りたがった。裏長屋の住人でさえもだ。

一刻も早く知って、売り方や仕入れ方に生かそうとする。

「あのろくでなしは、百両で数日前に貼り紙値段を知ろうとした」

貞太郎を、ろくでなし呼ばわりしたのは初めてだった。それくらい腹を立てている証拠だ。呼び捨てにもしていた。

「まさか、そのようなこと」

いくら百両でも、できるはずがない。いや、地獄の沙汰(さた)も金次第ということか。弐吉にしてみれば、驚愕(きょうがく)の話だった。

清蔵はここで、貞太郎に白状させた企み(たくら)の内容について、話して寄(よ)こした。

「では、御奥御祐筆組頭下曽根様のお屋敷へ届ける金だったわけですね。そんなに偉い方が、ずいぶん阿漕なまねをします」

「その殿様が、実際に指図したかどうかは分からない」

清蔵は冷静だった。下曽根家の用人阿久津良助なる者の名も挙がっていた。

「家臣が仕組んだかもしれないわけですね」

「何であれ、御奥御祐筆組頭が絡んだ話となると、それらしくなる」

「百両ですからね」

もっと少なければ、嘘っぽい話となる。

「ただ貞太郎は、金子を奪われるなど考えもしなかったようだ」

「話が、漏れたのでしょうか」

「それも含めて、分からぬということだ」

ここで清蔵は、立ち止まった。考えを整理しているようにも見えた。再び歩き出すと、言葉を続けた。

「間に入ったのが黒崎家の用人篠田様というのも、信じがたいところだ」

札差としての笠倉屋が、札旦那として困らされることは一度もなかった。

飯岡屋庄兵衛という日本橋富沢町の呉服屋主人の名も挙がった。初めて耳にする者だが、下曽根家と黒崎家を繫ぐ役目をしたらしい。笠倉屋では買入れをしていない店だ。清蔵も、初めて聞いたと話した。

「貞太郎は、嵌められたのかもしれない」

軽いやつだからな、と付け足した。

「ならば黒崎家と飯岡屋、それに下曽根家に確かめに行かなくてはなりませんね」

弐吉は勢いづいて口にした。町奉行所の後は、そこへ行くのかとも思った。しかし清蔵は、慌てる様子もなく言った。

「事実だとしても、問いかけて正直に答えると思うか」

「それは」

弐吉は次の言葉を吞んだ。認めれば、ただでは済まないことになる。腹切りものになりそうだ。

「それにな、この件が明らかになった場合は、笠倉屋も面倒なことになるかもしれぬ」

「えっ」

「漏らしてはならぬ話を聞こうと、百両を出すのだぞ」

贈賄だと告げていた。腹の奥が、熱くなった。

「若旦那は、とんでもないことをしてくれましたね」

「そういうことだ」

「では南町奉行所へは何のために」

「城野原様に、話をつけるのだ」

この件を知っているのは、捕り方としては冬太だけだ。今のところ事件は、銀十匁を奪われたということになっている。大きな怪我をした者もいない。

冬太は城野原に伝えただろうが、大きな事件として取り上げられてはいないはずだった。

「今のうちに、公にしないようにお願いするわけですね」

「そういうことだ」

それから清蔵は言葉を続けた。

「しかしな。うちではそのままにできない。百両を奪われているわけだからな」

「もっともな話で」

商人(あきんど)は、銭一文でも無駄にはしない。

「弐吉、おまえに当たってもらう」

町奉行所まで伴わせ、状況を伝えてきた意味を弐吉は理解した。何をどうすればいいかはこれからだ。

「はい」

まずはそう答えた。

五

南町奉行所の建物内で話せる内容ではないので、清蔵は城野原を敷地の外へ連れ出した。浅草、外神田界隈を町廻り区域としているので、二人は親しい間柄だ。笠倉屋から八丁堀の城野原屋敷へは、盆暮れには進物を贈っている。堀端の木陰で立ち話になった。堀の水面に、白い夏の雲が揺れている。

傍にいる弐吉は、人に話を聞かれないように周囲に気を配る。

「そうか。あの盆暗のために、厄介なことになったな」

話を聞いた城野原は言った。苦々しい顔だ。貞太郎の評判は耳にしている模様だ。

城野原には、盆暗に見えるのか。

ここで清蔵は本題に入った。

「昨夜の件についてですが、このまま小事件として済ませていただきたくお願いいいたします」

「それでよいのか」

城野原は、面倒なことはしたくないらしい。大身旗本が絡む事件だ。事件に下曽根家や黒崎家が絡んでいるとするのは、貞太郎の一方的な証言があるだけである。確かな事実は、笠倉屋が百両を奪われたことだけだった。

「こちらで探って、始末をさせていただきます。もちろん内々で処理ができないことになったら、真っ先にお知らせいたします」

城野原には、迷惑をかけないという話だ。

「分かった。それでよかろう」

「ありがたいことで」

これでまずは、笠倉屋の問題になった。

「調べには、誰が当たるのだ」

「弐吉にやらせます」

清蔵は、顔を向けてきた。

「ならば冬太に手伝いをさせよう。あいつは、房はないが十手を腰に差している。少しは役に立つだろう」

城野原が言った。冬太は猪作が襲われたときに、通りの河岸の道に居合わせた。まったく関わりがないわけではなかった。

冬太とは、先月の旗本による辻斬り（つじぎ）の一件以来、親しく口を利くようになった。機転の利く者だというのは分かっているから、弐吉にしてみれば好都合だった。城野原と別れて歩き始めると、清蔵が言った。

「今から白絹三反を求めて、城野原様のお屋敷へ持って行け」

「はい」

笠倉屋にも、懇意にしている呉服屋がある。必要に応じて進物をおこなう場合には、よくそこを使っていた。白絹三反程度ならば通常儀礼といったところで、賄賂（わいろ）にはならない。また調べのために使う銭も受け取った。

弐吉が八丁堀から笠倉屋へ戻って来ると、店先に冬太がいた。

「城野原の旦那（だんな）に言われてやって来た」

どこかふてぶてしい、まんざらでもなさそうな面持ちだった。

「おれも気になっていたからな、丁度いい」

と続けた。冬太は城野原から、貞太郎が話したことについては聞いたと伝えてよこした。その上で、自分が調べたことも知らせてくれた。

「すると猪作さんを襲ったのは、主持ちの侍だというわけですね」

「そうなるな。思い当たる者がいるか」

「えっ」

「猪作をつけていた者だ」

「札差の手代は、恨まれ役です」

鐚一文借りられずに追い返されれば、恨みもするだろう。ただ今回は、そういう者の犯行とは考えにくかった。

「事情を分かっていたのでしょうか」

「百両を持っていたと知っていたかどうかは分からないが、ある程度の金を持っていると踏んでつけ、襲ったのかもしれねえ」

「となると、笠倉屋の札旦那ということになりそうですね」

猪作を知っている者と考えればの話だ。とはいえ笠倉屋の札旦那は百二十人ほどいる。ここから一人に絞るのは難しい。

「怪しい者が、いそうだが」

「さあ」

見当もつかない。

「まずは、名の挙がっている者を探ってみよう」

黒崎は笠倉屋の札旦那だから、主人の禧三郎（きさぶろう）と用人の篠田中兵衛のことは知っている。偉そうにはしているが、笠倉屋にとっては都合のいい存在だ。些細（ささい）なことで絡んでくる面倒な小禄（しょうろく）の札旦那を、黙らせてくれる。

そこでまずは、飯岡屋庄兵衛と番頭八之助について当たってみることにした。八之助は番頭として、庄兵衛の手先としてあれこれ動いているかもしれない。

日本橋富沢町の呉服屋へ、二人は足を向けた。浜町河岸（はまちょうがし）にある店だ。大店老舗（おおだなしにせ）というほどの店ではないが、黒崎家や下曽根家など、旗本家にも出入りをしている。店の見た目は、堅実な商いをしている中堅どころの呉服屋といった印象だった。

客の出入りはそれなりにある。富裕層と見られる客の姿もあった。

まずは自身番へ行って、冬太が飯岡屋について問いかけた。

「旦那さんの庄兵衛さんは三代目ですが、なかなかのやり手だと聞いていますよ」

歳は四十二で、腰が低い。夜回りの折には、酒を出して振舞うとか。悪くは言わなかった。

番頭の八之助は三十一歳で、商いに熱心だとか。販売のために、葛籠を背負って地方へも出て行くそうな。

さらに並びの蠟燭屋と乾物屋の手代に問いかけた。

「旦那さんと若い手代が店で商いをして、八之助さんが外で商いをしているようです」

そして隣の高砂町にある呉服屋でも、問いかけをした。

「庄兵衛さんはやり手で、店を大きくしたいと考えているようです」

顧客を広げるのが、八之助の役目らしかった。

「ものを売る店としては、当然ですね」

弐吉は言った。同じ商家といっても、札差は店に置く商品はない。さらにもう一軒、西側の長谷川町の呉服屋で問いかけた。

「懇意にしていた顧客が左前になって、多額の貸倒金を抱えたという話をつい最近聞きましたけど」

あくまでも噂だと番頭は口にしたが、事実ならば店にとっては痛手だろう。

「あそこは近郊の富裕な農家に売っていたらしいが、飢饉で支払いが受けられなくなったらしくてね」

「なるほど」

天明になって、東北や北関東では飢饉になっていることは分かっている。ただ札差は、公儀が得た年貢米を扱っているので、農家から直に買い入れる商人米を扱う問屋と比べれば影響は少なかった。

ただそのことが、今回の事件とどう関わるかは分からない。それから弐吉と冬太は飯岡屋へ戻って、庄兵衛と八之助の顔を確認した。

六

「下曽根屋敷へも行ってみましょう」

弐吉が誘った。日が落ちるのにはまだ間がある。旗本屋敷では内情を知るのは難しいが、外から長屋門を眺めるだけでもいいと考えた。

駿河台へ向かった。

家禄四百俵で御役料二百俵の旗本である。敷地は七百坪ほどあって、手入れは行き届いていた。勢いのある旗本の屋敷といった印象だった。

「黒崎屋敷もなかなか立派ですが、ここはそれ以上ですね」

弐吉は冬太と共に、片番所付きの長屋門を見上げた。麴町(こうじまち)の黒崎屋敷へは、自家米を運ぶために、何度か行っている。近くに辻番小屋があったので、番人の老人に、弐吉が問いかけた。小銭を握らせている。

「お屋敷に、変わったことはありませんか」

「そんなこと、おれに分かるわけがねえ」

と返された。

「今日はお殿様とご用人の阿久津様は、お出かけになったでしょうか」

一応聞いてみた。もし出かけているならば、帰ってくる姿を見られるかもしれない。

「今日は、登城をされていた。もうしばらくすると帰ってくるのではないか」

と教えられた。はっきりした刻限は分からない。

待つのに異存はなかった。清蔵の命で外へ出ているから、遅くなってもかまわない。

下城の刻限は、その日によって違うとか。そして半刻(はんとき)（約一時間）ほど待つと馬や人の足音が響いて来た。登城の行列が戻って来たようだ。

まず馬上の下曽根茂右衛門の顔を確かめた。なかなかの強面(こわもて)で、気難しそうな表情に見えた。

次に辻番小屋の番人に訊いて、阿久津良助の顔を確かめた。こちらは口をへの字にして、気が強そうな者だと感じた。行列は、すぐに屋敷の中へ入った。下曽根屋敷では、それ以上の調べはできなかった。

「下曽根は禄米取りだな」

「そうだと思います」

御役料を合わせれば六百俵だが、家禄は四百俵だ。土地を持つ、知行取りではなかった。

「札差はどこか」

冬太に問われた。

「探してみます」

弐吉は答えた。家禄四百俵は、禄米取りとしては高禄の方だ。手間はかかっても、探せると思った。

蔵前橋通りに戻った弐吉と冬太は、顔見知りの札差の手代や小僧に問いかけてゆく。高禄の札旦那の場合、奉公人ならば名を知らない者はいない。

「うちにはいないね」

札差はこのとき蔵前界隈に九十六軒あった。簡単に見つかるとは思っていなかった。札差の奉公人は、他所の店の札旦那には関心を持たない。よほど変わり者がいたら、笑い話にするだけだ。

「うちの札旦那だね」

という言葉が返ってきたのは二十数軒目、鳥越橋南の天王町の松島屋だった。この手代も顔見知りで、早速話を聞いた。

当主茂右衛門は四十二歳で、用人阿久津は三十二歳だとか。御奥御祐筆組頭という役には、話を聞いた手代が奉公する何年も前から就いていると教えられた。

「借金とかは」

「あるわけがない」

黒崎と同じだ。

「なんでもお役目は、ご老中方のお側近くにいて話をする立場だとか」

「ならばよく言ってもらおうとする旗本たちが、進物を抱えてやって来るな」

これは冬太の言葉だ。証拠がないから頷くのには憚りがあるが、否定はできない。

「ただそうなると、金子を奪うために、危ない橋を渡るでしょうか」

弐吉の意見だ。

「そうだな」

冬太は頷いた。念のため、弐吉は松島屋の手代に問いかけた。

「昨日の暮れ六つの頃だが、阿久津様は姿を見せていただろうか」

「ああ。来ていたな。さして用はなかったが、ついでに立ち寄ったとかおっしゃった」

禄米の換金に関することは、用人阿久津が行っている。少しばかり雑談をして、暮れ六つの鐘が鳴る前に引き揚げたとか。

松島屋を出てから、弐吉は言った。

「猪作さんを襲ったのは、阿久津様でしょうか」

「それはないだろう」

決めつけはできないが、冬太はすぐに返した。そもそも猪作は、自分のところに金を届けることになっていた。

気がつくと、夕暮れどきになっていた。弐吉は冬太と別れて笠倉屋へ戻り、耳にしたことを清蔵に伝えた。

その様子を、猪作が離れたところから見ていた。粘りつくような恨みの目だった。猪作は、今は面目を潰(つぶ)している。弐吉が清蔵からこの事件の解決に向けて、動くように命じられていることが妬ましいのだ。しかし受け入れるしかないのが、猪作の今の状況だ。

店の中を見渡すと、貞太郎の姿が見えなかった。弐吉は、たまたま井戸端にいたお文に尋ねた。

「若旦那は、弐吉さんが戻る前に出かけていきました」

「どこへでしょう」

「二軒先の近江屋の旦那さんと一緒でした」

無表情になって、言葉を返してきた。わざとだ。抑えなければ、怒りの言葉が出てしまうのかもしれない。

「そうですか」

弐吉は怒るよりも、力が抜けた。

近江屋は同業の札差で、主人は十八大通の一人と呼ばれるような、贅沢に耽る人物だった。芸者と幇間を呼び、派手に吉原へ繰り出す。出向くにあたって、見送る者たちに銭をまくこともあった。それだけの財力があるからだといわれればそれまでだが、はたから見れば眉を顰めたくなる暮らしぶりだった。

銀の針金の元結で、蔵前本多に髪を結って黒羽織に鮫鞘の脇差を差していた。飢饉で苦しんでいる者がこの世には多数いる。それが分からないはずはないが、金の力を誇示して伊達男を気取った。

貞太郎は憧れ、近江屋のようになりたいと考えている。

とはいえ近江屋は、冷酷な札差としての一面を持っている。そこが、貞太郎とは決定的に違った。

「しかしどうして若旦那が」

百両を奪われた、昨日の今日だ。家で謹慎しているのが普通ではないか。あまりに酷くはないか。金左衛門や清蔵は、止めなかったのか。

「こういうときこそ、憂さ晴らしが必要なのだそうです」

「なんと。誰がそのようなことを」

腹が立って来た。

「大おかみさんとおかみさんです」

「当人も、それで出ていったわけですね」

「何か言っていましたけど。店から逃げ出してゆくように見えました」

商いのことではないので、金左衛門にも清蔵にも止めることはできなかったらしい。

った。

元凶は、お狛とお徳の溺愛だ。今の金左衛門も先代も婿で、貞太郎は待望の男児だ

弐吉は呟いた。遊びの金のことではない。跡取りがそれではという意味だ。その

「このままでは、店が潰れる」

「まったくです」

「しかしそれは甘い」

七

笠倉屋では、手代になると母屋の裏手にある長屋に一室をあてがわれる。小僧のうちは大部屋で皆が一緒だったが、今は長屋の部屋に入れば何をしていようと勝手だ。これは嬉しかった。

晩飯も、小僧は飯と汁の他は、香の物がつくだけだ。しかし手代にはこれに、煮付けや目刺など一品がつく。あこがれたものだった。

食事を済ませて一人になったところで、弐吉は明日の動きについて考えた。

下曽根家の用人阿久津は、昨日の暮れ六つ前、蔵前界隈にいた。蔵宿の松島屋へ

顔を出していた。笠倉屋と松島屋は、目と鼻の先だ。猪作をつけることができた。

「しかしな」

今日聞いた限りでは、下曽根家は金に困っていない。用人の阿久津自身が金を懐にしようと企んだのならば話は別だが、今は他の可能性を考えるべきだと思われた。襲撃した侍は、猪作をつけて機会を狙っていたと察せられる。

「猪作を知っていたと考えるのが、妥当だろう」

だとすると笠倉屋の札旦那で、昨日の夕刻あたり店にいた者から当たってみるかと考えた。また、昨日対談には来ていないが、店の近くに来ていた札旦那がいれば、それも怪しいかもしれない。札旦那を疑うのは心苦しいが、そこから始めるしか手立てがなかった。

昨日八つ半（午後三時頃）以降に姿を見せた札旦那は六人いた。思い返してみると、思い通りの借り入れができたのは一人だけだった。五人は、不満を持って店を出た。

その中の一人が、猪作と竹吉が店から出てくるのを目にした。つけてみようという気になったのか。

深夜、外に物音がして、弐吉は長屋から出た。暑いので、腰高障子は開け放したままにしていた。裏木戸から、入ってくる人影があった。手にした提灯(ちょうちん)の明かりで、貞太郎が帰って来たのだと分かった。

向こうも弐吉に気づいて、目が合った。すぐに火を吹き消したが、向けてきたのは、憎悪の眼差(まなざ)しだった。つい責める目をしたと気づいたが、向こうはそれに、憎悪の眼差しを返してきた。

自分は悪くない、という目だった。

翌朝、冬太が笠倉屋へやって来て、弐吉は二人で蔵前橋通りを歩き始めた。今日は空一面が雲に覆われていて、強い日差しはない。けれども、蒸し暑い一日になっていた。蟬の鳴き声は消えない。

歩きながら、昨夜考えたことを冬太に伝えた。汗が、すぐに噴き出してきた。

「笠倉屋の札旦那(ふだだんな)を洗い直すのは、当然だろう」

冬太も、同じようなことを考えていたらしかった。まずは犯行日の夕刻以降に、店に姿を見せた者からだ。

札旦那の屋敷の場所は頭に入っているから、遠いところから廻(まわ)ってゆく。とはいっても、「百両を奪ったか」とは訊(き)けない。

無礼な話だ。あくまでも様子を探るという形になる。

まず一軒目は、遠いところから赤坂丹後坂にある札旦那の屋敷へ行った。お城の反対側だ。

家禄百俵で、御作事奉行配下の御畳奉行を務めている。近所の者に問いかけると、今日は出仕の日で、朝早く出かけていったとか。屋敷に変わった様子はないそうな。

「いない方が、聞きやすそうだ」

冬太が言った。屋敷に行くと、隠居が垣根の修理をしていた。隠居は弐吉の顔を覚えていた。

「ちと、お尋ねしたいことがありまして」

「何か」

「一昨日のことになりますが、今の旦那さんは、何刻ころお帰りだったでしょうか」

店での対談を終えて、七つ（午後四時頃）前には笠倉屋を出ていた。

「暮れ六つの鐘が鳴って間もなくして帰って来たが」

隠居は、少し考えるふうを見せてから答えた。それならば、猪作を襲えない。

さらに近所の者に尋ねると、その刻限に通りを歩く姿を見た者がいた。

「やっていませんね」

弍吉の言葉に、冬太が頷いた。

次は増上寺の裏手、飯倉狸穴坂に屋敷がある札旦那のところだった。ここの当主は大御番頭与力で、一昨日は暮れ六つ前に屋敷に戻っていた。

三人目は日本橋浜町河岸に近い、家禄百俵の富士見御宝蔵番衆の屋敷だ。ここの当主は門前にいたから、ばったり会った形にした。

「おや、その方は」

弍吉の顔を見て驚いた様子だった。

「一昨日は世話になった。大いに助かったぞ」

「それは何よりで」

一昨日唯一、希望の額を借りられた札旦那だった。

「あの後は、どちらかへいらっしゃいませんでしたか」

一昨日は笠倉屋を出た後、浜町河岸の居酒屋で酒を飲んだと告げた。その店に行って確かめると、間違いなく酒を飲んでいた。

四人目五人目は深川に屋敷を持つ無役の直参で、この二人も、暮れ六つをやや過ぎた刻限に屋敷に戻っていた。襲撃はできない。

最後の一人が、弍吉が対談をした杉尾股十郎だった。屋敷は本所北割下水に接した大横川に近いあたりだ。先日は、店に忘れた煙草入れを届けに来た。

賢そうな八歳くらいの男児が受け取った。

先日は夜で気づかなかったが、庭は畑になっていた。先日見た男児を頭に、子どもたちが茄子の収穫をしていた。

「父上、これは見事な出来でございます」

「うむ、まことにな。小さいものは、まだ採るなよ」

「はい」

甲高い幼子の声が響いた。父を慕う様子だ。蒸し暑さなど気にしていない。

「おおっ」

杉尾も庭にいて、弐吉の顔を見ると、他の者と同じように驚いた様子を見せた。いきなり笠倉屋の者が現れたからか、猪作たちを襲っているからかは分からない。

一昨日の笠倉屋を出てからの動きについて訊いた。

「その方から、五匁銀を出してもらった」

ややよそよそしい物言いになった。

「さようでしたね」

「そこで帰路、屋台で酒を飲んだ」

冷酒一合を大事に飲んだそうな。

「場所はどちらで」

「浅草橋を南に渡った、柳原通りに入ってすぐのところだ」

暗がりにぽつんと提灯が灯っている店で、一度飲んでみたかったとか。吊るされた提灯には、お多福の絵が描かれていたとか。

「そこで誰かと話をしたり、会ったりしませんでしたか」

「そういえば、飲んでいるときに、黒崎家の篠田殿に声をかけられた」

「名字を呼ばれたわけですね」

「そうだ、少しばかり話をした」

杉尾と篠田は、昵懇というほどではないが、笠倉屋で知り合って、少しばかり話をする程度の知り合いではあったとか。暮れ六つの鐘が鳴って、間もない頃だったと付け足した。それならば、猪作への襲撃はできない。

しかし念を入れる必要はあった。子だくさんで、その内の一人は病を得ている。金が欲しいのは間違いない。とはいえ一合の酒を飲みたいと考えたとしても、責められることではなかった。

浅草橋に近い柳原通りへ行った。昼前だからか、酒を飲ませる屋台店は出ていない。同じ場所とおぼしいあたりに、心太の屋台が出ていた。そこの親仁に問いかけた。

「お多福の提灯を下げた田楽屋ならば、米沢町の裏長屋に住んでいますぜ」

長屋はすぐに見つかった。部屋の前に屋台が置いてあって、その軒下には、お多福を描いた提灯がぶら下がっていた。

中年の親仁に問いかけた。

「一昨日の暮れ六つ頃に、酒を飲みに来たお武家様はいましたか」

すぐに思い出せた。

「顔を見たかね」

冬太が尋ねた。

「暗かったからねえ」

酒を渡し銭を受け取るとき、提灯の光が当たらないところに立っていた。そして縁台に腰を下ろして酒を飲んでいた。

「通りかかった侍が声をかけたというが」

「そういえば」

「その侍は、提灯を持っていたのだな」

「持っていました」

酒を飲んでいた客の侍は背を向けていたが、提灯を手にした侍からは、顔が見えたはずだと言う。

「名を呼ばなかったか」

「そういえば、呼んでいました」

「何と呼んだか、覚えているか」

「さあ、杉田とか杉井とか」

自信はないらしい。

「杉尾ではないか」

「ああ。そうでした、杉尾だったと思います」

「量は、たくさん飲んだのかね」

「いや。注文は一合だけでした」

「では長居はしなかったわけだな」

「それが、一合の割には長いこといるなと思いました。大事には飲んでいたと思いますよ」

何であれ杉尾の証言は、裏が取れたことになる。そうなると、今日廻った六人は、すべて白となった。

「他にも、当日に店の近くで目撃された札旦那が数人いたな」

「いました。その方々も、当たってみましょう」

冬太の言葉に、弐吉は応じた。その者たちの顔は、すべて覚えていた。無駄を覚悟で当たってみた。

「わしはあの後すぐに、屋敷へ帰ったぞ。あそこに長くいても、何の得にもならぬからな」

すべて居場所は、はっきりしていた。

第二章　娘の薬代

一

「しかし、何か引っかかりますね」

弐吉が呟いた。浅草橋の南橋袂の広場に立っている。顎からの汗が、足元に滴り落ちた。汗は地べたを濡らしたが、すぐに乾いた。

これまでの調べで、心残りがある。

「うむ。杉尾のことだな」

冬太も、同じような気持ちがあるらしい。流しの蕎麦屋が目の前を通った。出汁のにおいが鼻をくすぐって、我慢できなくなった。昼飯にはお文が握ってくれた握り飯があるが、腹はすぐに減る。

一杯ずつ食べることにした。

かけ蕎麦を啜りながら話した。

「そうです。証人とはいっても、篠田様は、企みをしている側ですから」

「都合よく、声をかけたようにも感じるな」

「酒を飲んでいたのは、本当に杉尾様だったのでしょうか」

これが、弐吉の頭に浮かんだ疑念だった。とはいっても、やっていないことも考えられる。

「わざわざ金を借りに来て、やっと手にした五匁銀で酒を飲むでしょうか」

今になって思うと、これも気になるところだった。

「一文でも、惜しいのではないですかね」

「まったくだ」

「ただ杉尾様ですが、人を襲って金を奪うまねなど、なさらないように感じます」

「そうだがな、人は見かけにはよらねえからな」

と冬太。

「まあ、そうですね。特に武家は、信じられない」

これは、弐吉の気持ちの根っこにあった。武家への不信は大きい。

杉尾が金を借りに来たのは、七人子どもがいるうちの一人が、重い病に罹っていてその治療代が欲しいという話だった。

病の真偽は分からない。

今日見に行った限りでは、子どもたちに暗さは感じなかった。札旦那(ふだだんな)が金を借りたい理由は、大げさにする場合が多い。とはいえ病の子は、部屋で寝ていると考えるべきだろう。

「ともあれ黒崎家と杉尾家を、さらに洗ってみよう」

「そうですね」

弐吉に異存はなかった。弐吉が黒崎家を、冬太が杉尾家を当たる。

調べるとはいっても、黒崎や篠田には問いかけられない。近くの辻番(つじばん)小屋の番人ではどうにもならない。そこで考えた。黒崎家には他にも若党や中間(ちゅうげん)がいる。渡り者がほとんどだ。まずはそこから当たる。

弐吉は麴町へ足を向けた。見張り始めて半刻(はんとき)ほどした頃、二十歳前後の若党ふうが出て来た。顔見知りの渡り者だった。

「何だその方は、笠倉屋の小僧ではないか」

手代になったことを知らないらしかった。それは気にしない。

「黒崎様におかれましては、お変わりなく」

笠倉屋の者として尋ねた。

「まあ、そうではないか」

面倒臭そうに言った。おまえに話したところで、しょうがないといった態度だ。かまわず問いかけをする。

「篠田様は、お忙しいようで」

これは、当てずっぽうだ。

「あの方は、前からだ」

出入りは多いらしい。商人（あきんど）が訪ねて来ることもある。来客対応は、用人である篠田の役目だ。

「どうして、そんなにお忙しいのでしょう」

「さあ、知らぬな。おれにはどうでもいいことだ」

渡り者の若党にしてみればそうだろう。黒崎家には、まだ他に奉公人がいる。弐吉は屋敷近くに戻って、他に出てくる奉公人を待った。

なかなか出てこない。暑いし、一か所で待っていると蚊に刺されるので、たびたび動いた。それでも数か所刺された。

半刻ほどで、先ほどの若党が戻って来た。そして誰の出入りもないまま、夕暮れどきになってしまった。黒崎は、今日は登城をしていなかった。

「もう、誰も現れないか」

と諦めかけたところで、目当てにしていた篠田が潜り戸から出て来た。跡をつけた。

行った先は、麹町四丁目の美園という小料理屋だった。格子戸の前に松が植えてあって、小料理屋でも高い店だろうと思われた。中を覗くことはできなかった。主持ちとおぼしい侍が、やや遅れて姿を見せた。他に武家の客はなかった。腹が減ったが、弐吉は篠田が出てくるのを待った。

一刻ほどして、篠田と侍が出て来た。侍が立ち去ってゆくのを、篠田が見送った。

弐吉は篠田ではなく、今夜現れた侍をつけた。

酒を飲んだはずだが、歩きぶりに酔った気配は感じなかった。

その侍は、市谷御門からお堀の外へ出た。御堀に沿って、田町の家並みが広がる。

「ああ」

弐吉は思わず小さな声を漏らした。記憶にある建物が目に飛び込んできた。

このあたりは、父親が生きていた頃、弐吉が住んでいた場所だ。八歳の時の記憶だからおぼろげだが、親子三人で暮らした思い出がある。父親が狼藉を受けた場所は、坂の下だった。長屋は田町下二丁目にあった。

はっきりとしたものではないが、一軒一軒の建物や町並みが頭の奥に残っている気がした。もっとじっくり見たいところだが、そのために出向いてきたのではなかった。

目当ての侍は、変わらない足取りで進んで行く。町家を抜けて、浄瑠璃坂を上った。このあたりに来ると、武家地になる。

幼い頃は、このあたりでも遊んだ。

侍は、尾張徳川家上屋敷の裏手にある大身旗本のものとおぼしい、壮大な屋敷内に入った。

「こ、これは」

仰天した。四百俵の黒崎屋敷とは、比べ物にならない規模だ。門番所に行って、弐吉が門番に尋ねた。

「今、屋敷内に入られた方はどなたでしょうか」

門番は答えるどころか、不審な目を向けた。

「その方、何者だ」

横柄な口ぶりだ。

「それは」

名乗っていいか迷った。門番は、苛立った目を向けた。

「ここはな、その方のような下賤の者が来るところではない」

言い終わらないうちに、手にしていた棒でこちらの下腹を突いてきた。いきなりのことで、避ける間もなかった。

「ううっ」

容赦のない突きだった。弐吉は腹を抱えて、地べたに転がった。痛みで、すぐには息さえできない。

「くそっ」

武家への恨みが、胸の中で暴れ回った。ともあれ痛みが治まったところで、近くの辻番小屋へ行って番人に尋ねた。

「こちらは、どなた様のお屋敷でしょうか」

「五千石の溝口監物様のお屋敷だ」

「たった今、お屋敷にお侍様が入りましたが、どなたでしょう」

「知らぬよ。見ていなかった」

屋敷を見張るためにいるのではないと言われた。悔しいが、これ以上は何もできない。しかし新たな旗本の名が出て来たのは、収穫だった。

笠倉屋へ戻ることにした。

二

弐吉と別れた冬太は、再び本所の杉尾の屋敷へ戻った。すでに杉尾や子どもたちの姿はなかった。

界隈（かいわい）は、家禄（かろく）百俵前後の直参（じきさん）の屋敷が並んでいる。古くて修理もままならない、庭で野菜を育てているような家ばかりだった。

無役の家が多いのだろうとは推察できた。杉尾家は、その中の一つだ。北割下水に沿った道に人はいない。流れる水の音がするだけだ。

しばらく周囲に目をやっていると、中年の武士が出てきて、傾きかけた木戸門の修理を始めた。炎天下では辛（つら）い仕事だが、直した方がいい程度には傾いていた。

門柱を支えるための杭（くい）を打とうとしているが、一人ではなかなかうまくいかない。槌（つち）を振り上げようとすると、体で支えている門柱が傾いてしまう。少し手を貸すだけで、仕事はやりやすくなりそうだった。

「通りがかりの者ではありますが、ときがありますので、お手伝いをさせていただきます」

そう告げて傍により、冬太は体で門柱を支えた。見た目よりも、なかなかに重い。力を入れて足を踏ん張った。

これで木戸門の修理がしやすくなった。本気で、精いっぱいの手伝いをした。汗が溢(あふ)れ出てくる。

四半刻(しはんとき)ほどで作業が終わった。

「助かったぞ」

中年の武士が言った。

「お役に立てたのならば、何よりです」

礼のつもりだろう、冷えた麦湯を振舞ってくれた。うまかった。二人で飲んでから、冬太は問いかけた。

「杉尾様は、お子様がたくさんおありのようで」

自分は普段、乾物の振り売りをしていて、杉尾家で品を買ってもらったことがあると告げた。

「うむ。あそこは七人だ」

「皆さん、お元気のようで」

　すると侍は、わずかに顔を曇らせた。

「あそこは二番目の娘が、病に罹ってな。たいへんなようだ」

「どのような病で」

「胃の腑の病だ。金があれば、治せるらしいが」

「さようで」

「杉尾殿は、辛いところだろう」

　家禄七十俵だが、無役なので公儀に小普請金を上納しなくてはならない。それで家族九人が暮らすことになる。もともと楽ではなかっただろう。

「年々物の値は上がるが、禄は増えぬ。うちも苦しいがな」

「はあ」

「杉尾様は、剣の腕前は」

「雲弘流の免許皆伝の腕前だ。なかなかのものらしい」

「では、何かのお役に就けるのでは」

「太平の世では、剣の腕では役はつかぬ」

　あっさり返された。相手の中年の侍も、無役らしかった。伸びた月代が、汗で濡れている。

「では金子が欲しかったら、札差へ行くしかないわけですね」

「まあそうだ」

飢饉でも、札差は儲けている。

「ふん」

腹が立った。笠倉屋の貞太郎は、事件の翌日には吉原へ繰り出した。そして自分と弐吉は、酷暑の中で聞き込みをしていた。それで冬太は、侍のもとから離れた。

さらに冬太は、水をまくために道へ出て来た老婆に問いかけた。

「杉尾家の娘様の具合がよろしくないとか」

案ずる知人から聞いてほしいと頼まれたとして問いかけた。

「今は、だいぶ良いようだけど」

「それは何より」

安堵の顔をして見せる。

「よい薬を得たと聞いたがね」

「どのような薬でございましょう」

「さあ」

「買い入れたのは、どこの薬種屋で」

「本所相生町(あいおいちょう)の淡路(あわじ)屋だとか」

冬太は、早速相生町に出向いた。繁盛した薬種屋で、値は張ってもよく効く薬を置いていると評判の店だった。

ここでは腰の十手に手を触れさせながら、番頭に訊(き)いた。

「胃の腑の薬です。一年前あたりからご服用いただきました」

「今ではよくなったのだね」

「さようで」

誇らしげに頷(うなず)いた。

「値は高かったのであろうか」

「まあ、効能のあるものでございまして」

「いかほどか」

「しめて六両ほど」

まだ払えていないものだ。猪作を襲ったのならば、百両が手に入ったはずだが、仲間がいるならば、どれほど手にできたかは分からない。すぐに払えば怪しまれるから、間を置くだろうとは考えた。

「なかなかの額だな」

「まったく」

「支払い期限はいつかね」

「六月末日です」

「支払えなければどうなる」

「ご直参で、そのようなことがあるとは」

大げさに首を横に振った。

「もしあったらだ」

「高利貸しから借りてでも、お支払いいただきます」

口元にあった笑みが消えた。そのまま続けた。

「それもできない場合は、御小普請支配様のもとへ、ご相談に伺います」

「あんた、なかなかのやり手だな」

冬太は言った。責めたつもりはなかった。商人は、それくらいでなければいけない。

御小普請支配という役は、無役の御家人を差配する役目だ。そこに訴えられた侍は、役付にはなれない。商人としての覚悟の発言だった。

今日明日のことではないが、天明八年の六月は、二十九日までだ。杉尾が追い詰められていることは間違いなかった。

聞き込んだことは、弐吉と伝え合う。そしてそれぞれが、城野原と清蔵に報告をする。

三

弐吉は市谷の旗本溝口屋敷から、急いで蔵前の笠倉屋へ帰った。すでに冬太がいて、帰りを待っていた。だいぶ遅くなった。すぐに清蔵に報告をする。まず冬太が、杉尾の借金について話した。

「やっていそうですね」

弐吉に続いて、清蔵が言った。清蔵も、可能性があると踏んでいる様子だった。

「峰打ちでもやれたのは、それだけの腕があったからか」

ただ今のところは、屋台で酒を飲んでいたことになっている。怪しいとはいっても、篠田と会ったということになると、動かしがたい。

それから弐吉が、篠田をつけ主持ち（しゅうも）の侍と酒を飲んだ話を伝えた。溝口家の家臣であることは間違いない。

「五千石とは、御大身だな」

清蔵が言った。地方(じかた)取りだから、札差が相手にする直参(じきさん)ではなかった。直参でも禄米(ろくまい)ではなく、知行地を与えられて、そこからの年貢を受け取る。弐吉あたりにすれば、蔵米取りよりも格上といった印象だ。

ともあれ店に置いてある旗本武鑑で、溝口監物を捜した。

「ああこれだな」

清蔵が指さした。歳は四十七歳で、御留守居役を務めていた。

「どのようなお役でしょう」

弐吉の問いかけに、清蔵が応じた。

「将軍様がご不在の折に、お城を守るお役目だ」

「では、文字通り留守番ですね」

冬太が軽い口調で言うと、清蔵は首を横に振った。

「城の警護だけでなく、鉄砲を含む武器や武具、御宝蔵を守り、男子禁制の大奥の取締りも行うと聞いたぞ」

「相当に、偉いわけですね」

「それはそうだ。将軍様とも、お言葉を交わすような役目だからな」

「では陪臣同士とはいっても、相手は篠田様よりも上のお立場ですね」

篠田は笠倉屋の奉公人には、ずいぶん偉そうな態度だ。

「そうなるだろう」

「どのような用事だったのでしょうか」

冬太が言った。札旦那（ふだだんな）の黒崎禧三郎が御納戸組頭を務めているのは知っている。しかし具体的に、どのような暮らしをしているのかは、考えもしないことだった。

「姻戚（いんせき）関係でもあるのでしょうか」

「さあ」

武鑑を見る限りでは分からない。何が出てくるか分からないが、ともあれ明日は、溝口家について当たってみることにした。

ここで腹の虫が鳴いた。台所では、お文が弐吉と冬太の分の握り飯と味噌汁（みそしる）、竹輪の煮付けを用意してくれていた。

「若旦那の顔が、見えないようですが」

冬太がお文に尋ねた。

「今日は、どこにも出ませんでした」

少しばかり店に顔を出したが、自分の部屋にこもっていたとか。

「でも、猪作さんと、何かこそこそ話をしていました」

「どうせまた、何か企んでいるのだろう」

鼻で笑った冬太は続けた。

「あいつらには、何もできやしない」

握り飯を口に押しこんだ。

翌朝、朝飯を食べている弐吉のところへ貞太郎がやって来た。その後ろには猪作がいる。

珍しく声をかけてきた。何事かと、飯茶碗と箸を置いた。

「久右衛門町河岸で金子が奪われて、正味二日は聞き込みに当たっている。店の仕事から外れてのことだ。有力な手掛りを摑めたことであろう」

原因を拵えたのは自分だとは、全く頭にない言い方だった。調べの結果は、毎日清蔵に伝えているが、訊いてくるということは知らされていないのだと察することができた。弐吉も話さなかった。

「当たっているところでございます」

詳細を伝える気持ちはなかった。それで余計な手出し口出しをされたくはなかった。事件の翌日には、吉原へ繰り出したろくでなしだ。その貞太郎が言った。

「いい気になるなよ。仕事をしないで、飯を食えるほど世の中は甘くないぞ」

意地の悪い言い方だった。猪作は俯き加減だが、口元に薄ら笑いを浮かべている。

「はっきりしたことが分かりましたら、お伝えいたします」

まずは返した。

「当り前のことだ」

貞太郎は冷ややかに答えた。そこで弐吉は、猪作に問いかけた。

「あの襲撃の夜のことでございますが」

怒りはある。それを抑えながら続けた。

「あれから四日目になります。あの夜のことで、新たに思い出したことがあるでしょうか。あれば、教えていただきたいものです」

あの夜、百両を奪われたのは、おまえだろうという気持ちで言っていた。本来ならば、おまえと貞太郎が探って、奪い返してくるものではないのか。

「調べの、役に立ちます」

付け足した。怒りが言葉になってしまった。

「お、おまえ」

猪作はそこまで言ったが、次が出てこなかった。こちらの思いが伝わったのだろう。そこで口を開いたのは貞太郎だった。

「己の調べの足りなさを、人のせいにするな」

激しい口調だった。それを聞いて、弐吉は仰天した。怯んだのではない。

「これが笠倉屋の跡取りか」

という思いだった。


共に調べを続ける冬太とは、浅草御門の前で待ち合わせることにしていた。蔵前橋通りを歩いているとお浦が姿を現した。

「ずいぶん、怖い顔しているじゃないか。駄目だよ、そんなことじゃ。福が逃げちまうよ」

そう言って、弐吉の口に飴玉を押しこんできた。

「腹の立つことがあったんだね」

「まあ」

図星を指されて、頷いてしまった。少々忌々しい。歳下のくせに姉さんぶる。とはいえ嫌なわけではなかった。台所での貞太郎や猪作の物言いには、腹を立てていた。

お浦はいつも、こちらの気持ちを、すばやく嗅ぎ取る。

「笠倉屋では、とんでもないことがあったらしいね」

猪作が高額の金子を奪われたことを、言っている。店以外には広げないようにしていたが、いつの間にか外へ漏れていたらしかった。これは笠倉屋が、金子の管理をきちんとしていないという見方につながる。

悔しいが、貞太郎はそれを分かっていない。

「まあ」

「負けちゃいけないよ。生きていたら、いろいろなことがあるんだから」

どこかで聞いたような言葉だと思ったが、励まされたのだとは分かった。口の中に、押しこまれた飴の甘さが広がっている。

「ありがたい」

弐吉がそう返すと、お浦はあははと笑った。

四

冬太と待ち合わせた弐吉は、篠田が旗本溝口家の家臣とおぼしい侍と酒を飲んだ、麹町四丁目の小料理屋美園へ足を向けた。すだく蝉の音が、空から降ってくる。

店はまだ商いをしておらず、十六、七の娘が掃除をしていた。冬太が問いかけた。

「昨日、篠田様というお侍が来たはずだが、覚えているか」

「ええ、そういえば」

「後からもう一人、現れて」

「そうでした。西山(にしやま)さまです」

下の名は分からなかった。

「御旗本溝口家のご家臣と聞くが」

「そうです。ご用人さまだとか」

この半年ほどの間、月に二、三度くらいは顔を見せるそうな。

「どのような話をしているのか」

「さあ」

娘は首を傾げた。注意して聞いているわけではない。

「ただ篠田様が、何か頼んでいるような」

これは娘の印象だ。

「何を頼んでいるのだろうかね」

旗本家の家臣の間での頼み事となると、弐吉には見当もつかない。

「金を貸してくれというのでは、なさそうだな」

と冬太。金ならば、まずは笠倉屋へやって来るだろう。

「何か少しでも覚えている言葉はないですか」

弐吉は娘に銭を握らせた。昨日のことだから、覚えているのではないか。銭を握った娘も、しきりに首を捻った。

そして「ああ」と声を漏らした。

「御小納戸衆がどうとか」

「ほう」

ずいぶん難しい話だと弐吉は思った。公儀の偉い旗本がする役目だ、くらいしか分からない。ただ旗本の家臣同士が話したのならば、不自然だとは感じなかった。

「他には」

「山城屋さんか矢代屋さんか、どちらか」

はっきりしない。

「それは、どこで何を商う屋号か」

「分かりませんが、場所は塩町とかなんとか言っていたような」

「それだけか」

「どこぞの殿さまのお名がいくつか」

具体的な名は思い出せない。聞き出せたのは、御小納戸衆と塩町の山城屋、もしくは矢代屋というものの二つだけだった。

酒肴の代を払ったのは、篠田の方だとか。

御小納戸衆の方はどうにもならないので、塩町の山城屋と矢代屋を当たってみることにした。

弐吉は冬太と四谷御門から外へ出た。炎天で、むっとする暑さだ。空で鳶が鳴いている。

まずは近場の塩町一丁目からだ。木戸番小屋で尋ねた。

「町内には、どちらもありますよ」

と返された。山城屋は足袋屋で矢代屋は茶道具を扱う店だった。

先に山城屋へ行った。間口は五間あって、それなりに大きな店だった。

「うちは、お旗本家には出入りしていません」

あっさり言われた。そこで矢代屋へ行った。間口は二間半の小店だが、風格のある建物だった。茶の湯で使うような高級品を扱っている店だ。

冬太が、初老の狸の置物のような風貌の主人に問いかけた。

「黒崎様ならば、ご用命をいただいています」

出入りするのは、用人の篠田だが、品を見るのは黒崎だとか。

「黒崎様は、茶の湯を嗜むのかね」

「あの方はなさらないようですが、進物にされます」

「最近、買ったのかい」

「はい。半月ほど前に」

「何を」

「鼠志野のよい茶碗が手に入り、見ていただきました」

名品だと言い足した。

「いくらだったのかい」

「お買い求めいただいた品ですのでね」

言いにくそうにした。

「おおよそのところで、かまわないさ」

十手の柄に、手をかけた。

「ならば、三十両をやや超えたあたりで」

「へえ」

弐吉と冬太は、顔を見合わせた。茶碗一つでその値というのは、これまで考えたこともなかった。

「もっと高価なものもありますよ」

驚いていると、主人は言った。おまえたちには縁のない品だと、目が言っていた。

「では贈った先は、溝口監物様ですね」

頭に浮かんだ名を、弐吉は告げた。

「そうです」

主人は仕方なさそうに頷いた。こちらが名を挙げたから、答えたのだと察せられた。

「なぜ黒崎様は、溝口様にそのようなことを」

笠倉屋が、城野原に白絹三反を届けたのとは桁が違う。

「さあ、うちでは知りませんね」

知っているかもしれないが、主人は首を横に振った。

「何かの、賄賂じゃねえか」

矢代屋を出たところで、冬太が言った。

ここで弐吉と冬太は、いったん笠倉屋へ戻った。店の前に、顔見知りの札旦那がいたので、弐吉は問いかけた。

「ご直参には、いろいろなお役の方がいらっしゃいます。御小納戸衆というお役を耳にいたしました」

「御小納戸衆が、どうかしたか」

「笠倉屋の札旦那にはいらっしゃらないので」

わざとそういう言い方をした。高い役目だろうと推量したが、はっきりはしない。

「知行取りだから、札差に用はない。お役高は五百石だ。大殿様のお側にいて、もろもろの御用を足す役だ」

「将軍様の、お世話係ですね」

「そうだ」

「ならば、御納戸組頭よりも偉いですね」

「当り前ではないか」

役名に「納戸」がついても、用具を調える役は、将軍に直(じか)に関わる役よりも下になるようだ。

それから弐吉と冬太は、店に入って清蔵に報告した。報告は、店の帳場ではしない。店の裏手にある小部屋で声を潜めて話をした。

札旦那に聞かれるのは面白くない。

「なるほど。黒崎様は、御小納戸衆に昇進するために、大枚をはたいて鼠志野の茶碗を贈ったわけだな」

聞いた清蔵は言った。今の御納戸組頭は四百俵だから、目指すのには適当な役だと言えそうだ。

「溝口様には、それだけの力があるのでしょうか」

「御留守居役は、将軍様不在の折の守りの要(かなめ)になる方だ。万石級の大名格だと聞いたことがある」

「ならばこれで黒崎様は、ご出世をなさるのですね」

「いや、それはないだろう」

冬太の問いかけに、清蔵は首を横に振った。

「たかだか二、三十両の茶碗一つで、どうこうなどはない。ただそのようなことが度重なれば、推そうという気持ちになるのではないか。無縁の者ではないわけだからな」

「出世をするのもたいへんですね」

「金はいくらあっても足りない、という話だな」

清蔵の言葉に、弐吉と冬太が続けた。

「しかしな、そのために笠倉屋の百両が使われてはかなわない」

清蔵の言葉に、弐吉は頷（うなず）いた。

五

「黒崎や杉尾に金が欲しいわけが分かったが、それだけではどうにもならねえぜ」

笠倉屋を出たところで、冬太が言った。それは弐吉も思っていたことだ。

貞太郎の話からすれば、呉服商い飯岡屋庄兵衛と番頭の八之助、旗本下曽根茂右衛門と用人の阿久津良助の名が挙がっていた。

もともとは、下曽根家から、禄米（ろくまい）の貼り紙値段を事前に知らされるということで、貞太郎は百両を出したのである。黒崎家の用人篠田が、八之助を貞太郎に引き合わせた。

黒崎家と下曽根家は、飯岡屋を御用達として出入りさせていた。

「飯岡屋と下曽根家についても、もう少し探っておいた方がよさそうですね」

三者は濃密な関係にあると思われるが、今のところ、百両を奪った仲間だと確信できるところまではいっていなかった。

「ただ、篠田と阿久津、八之助が組んで貞太郎を騙したと考えると、杉尾についての証言も含めて納得できる点は多いぞ」

「そうですね」

まずは、飯岡屋へ行ってみることにした。飯岡屋では近郊の富裕な農家に品を売っていたが、天明になっての飢饉で支払いが受けられなくなった。それで多額の貸倒金を抱えたという噂だったが、確かめてはいなかった。

「はっきりさせておきましょう」

弐吉が言って、日本橋高砂町へ足を向けた。前に飯岡屋について問いかけをした隣の長谷川町の呉服屋を訪ねたのである。貸倒金の話を聞いた店だ。

店では手代が、秋物を客に薦めている。見覚えのある番頭が、店先にいた。

「ああ、あの話ですか」

番頭は弐吉と冬太としたやり取りを覚えていた。

「あれはあくまでも、同業から聞いた噂話ですから」

それは分かっている。

「どこから聞いた話なのか。それを知りたいんだが」

冬太が言った。

「ええと、それは」

番頭はしばらく考え込んでから答えた。

「横山町一丁目の丹波屋の番頭さんからです」

飯岡屋は、天明の飢饉がある前までは、商い高を着実に伸ばしている店として知られていた。同業の間では、話題になった。

横山町へ足を向けた。丹波屋は大店だった。主人は、日本橋界隈にある呉服屋仲間の肝煎りなのだとか。ならば一歩踏み込んだ話を聞けそうだ。

丹波屋は繁盛していて、活気のある店だ。主人や一番番頭は捉まらない。どうにか二番番頭と話ができた。冬太が腰の十手に手を触れさせながら尋ねた。

「富沢町の飯岡屋さんだが、高額の貸倒金を抱えたというのは本当かね」

「さあ、どうでしょう」

番頭は、否定ではなくとぼけた。呉服屋仲間の肝煎りとしては、各店の商いの様子を簡単には口にできないのかもしれない。

「城野原の旦那も、知りたいと仰せだぜ」

と迫った。事実城野原には、冬太が毎日報告を入れている。調べを続けろと言われていた。

「そうですねえ」

定町廻り同心の名を出すと、番頭の表情が微妙に変わった。

「あそこは江戸だけでなく、下野や常陸、下総などの富裕の農家にも顧客があります」

番頭八之助が、手代の頃から荷を背負って村々を廻ったとか。

「八之助はしぶといですよ。飛び込みで客を捉まえていったわけですから」

「しかし天明になってからの飢饉で、貸倒が出たわけだな」

これは前に聞いていた。

「それは間違いありません」

「どれくらいの額か」

「はっきりはしませんが、五、六十両になっているのでは」

呉服屋仲間でしている頼母子講で三十両を受けたいと申し入れてきたとか。

「うまくいったのかね」

「今月は他の店に」

「では来月には」

「ええ。申し入れたいと話していました」

しかしそれは、今はないという証明になりそうだ。

「支払いもあるだろうな」

「もちろんです。払えなければ、次の仕入れができなくなります」

飢饉とはいっても、金はあるところにはある。売れそうな色柄を調えなくては、商いは成り立たない。呉服商いも楽ではないと話した。

「村々を廻った八之助さんとしては、面目のないことになりましたね」

つい弐吉は、言葉を挟んでしまった。

「それはそうでしょう。何とかしたいところではないですか」

「何とかなる気配は」

「同業へ金を借りに行ったという話は聞きません。どうにかなるのならば、それでいいのですが」

番頭は、飯岡屋の商いを案じていた。

「金を借りに行かないのは、何とかなったからさ」

丹波屋を出たところで、冬太が言った。百両を山分けしたならば、一息ついたことだろう。

「八之助は、苦肉の策で企みをしたのかもしれませんね」

疑念は、さらに深まった。ここでいきなりの雨。雷が鳴って驚いた。ざっと降っている間は、商家の軒下で雨宿りをした。

涼しくて助かったが、止んだ後は蒸し暑くなった。

六

裏木戸から外へ出て行く弐吉の後ろ姿を、貞太郎は見ていた。猪作が百両を奪われた件について、弐吉は清蔵に命じられて、手代の仕事を抜けて調べに当たっている。

高額だから、そのままにできないのは、貞太郎も分かっていた。しかし進んでいない様子なのは、もどかしかった。

何よりも調べた結果を清蔵には伝えても、自分には何も伝えてこないのが不満だった。

「奉公人のくせに」

という気持ちが大きい。また百両を奪われて、おめおめ帰って来た猪作にも腹を立てていた。

「せっかく、目をかけてやっていたのに。どじを踏みやがって」

ただ猪作は、あの夜のうちに両手をついて謝ってきた。

「若旦那がなさろうとした、大きな仕事の邪魔になって」

目に涙をためた。襲った相手が侍だったのは、不運だとは思う。ただなぜ逃げきれなかったのかと、そこも気に入らない。

「命に代えても、次は若旦那さんのために尽くします」

と告げたので、今回だけは許すことにした。金左衛門や清蔵は、とんでもない愚かなことをしたという目で見つめてきた。弐吉も何も言わなかったが、そういう目を自分に向けてきた。

しかし猪作は、「大きな仕事」と、貞太郎がしようとしたことを認めていた。ことがうまく運ばなかったのは、運が悪かったからだと分かっている。

「そこは認めてやらなくてはならない」

そこへ行くと弐吉は、「大きな仕事」が分かっていなかった。分かろうともしない。不遜で傲慢な弐吉は許さない。

「いつか見ていろ」

という気持ちだった。朝食の折に叱ってやったが、睨み返してきた。貼り紙値段が事前に分かれば、大きな利を得られる。それは確かだ。不正といえばそれまでだが、うまくいっている商人は、多かれ少なかれどこかで何かやっている。自分もそれをやろうとしただけではないか。

「それのどこが悪い」

声を上げて言いたいくらいだ。

お狛とお徳もそれを認め、百両を出してくれた。また奪われた後も庇ってくれた。それは助かったが、もう一度百両を出すとは言わなかった。

「吉原へでも行って、気分を変えておいで」

と告げられただけだった。吉原へ出向いて、近江屋の旦那と騒いだが、楽しかったのはそのときだけだった。帰路の駕籠では、かえって気が滅入った。

目にした弐吉の後ろ姿は、張り切っているように感じられた。

「もし取り返して来たら、自分はしくじった者で、あいつは手柄を立てた者になる」

とても受け入れられるものではない。それは猪作も同じ気持ちだろう。

「それにしても、話を持ってきた八之助や金を受け取るはずだった阿久津は、何も言ってこない。篠田にしても、同じだ」

篠田も、貼り紙値段のことが分かっていたから、自分を二人に引き合わせたのだと貞太郎は受け取っていた。話に乗ったこちらは百両を損したが、向こうは何も損をしていなかった。

公にはできない事件だから、騒ぎ立ててはいない。だが何か言ってきてもいいのではないかと感じていた。

やろうと決める前は、八之助がしきりに言い寄ってきていた。阿久津とは一度酒を飲んだが、愛想がよかった。

そこで三人を訪ねてみようと思った。その後どうしているのか、これからどうしようとしているのか、話をしておかなくてはならないと思った。

まず麴町の黒崎屋敷へ行った。

篠田を呼び出した。門前で、だいぶ待たされた。その間、切りなく汗が噴き出してきた。蟬の音が、やけに煩く感じた。

「用事繁多でな」

建物内に入れとは言われなかった。

「商いの様子はどうか」

と問われた。いつもと同じ、何事もない様子だった。秘事を共になそうとした気配は、微塵もない。

「貼り紙値段のことを、飯岡屋さんの八之助さんや下曽根家の阿久津様から聞いていませんか」

「いないぞ。貼り紙値段が、どうかしたのか」

と逆に問い返された。

「事前に分かるという話で」

躊躇ったが、言葉にした。すると篠田の表情が、がらりと変わった。

「馬鹿なことを申すな。そのようなことが、できるわけがなかろう」

「しかし下曽根様ならば、お分かりになるとか」

「ならばどうなる」

「金子を御払いして、事前にお教えいただく」

すると大げさに驚いた様子を見せた。左右に目をやり、声を落とした。

「そのようなことを、拙者以外に申してはならぬ。ありえぬことだ。もし公儀の耳に入ったら、その方もただでは済まぬぞ」

叱りつけられただけである。百両のことなど、一言も触れない。

「しかしこの話は、篠田様からご紹介いただいた八之助さんや阿久津様から」

「ええい、黙れ」

自分は知らない。ありえないことで、関わったら笠倉屋が酷い目に遭うぞと脅されただけだった。篠田の言いようは不満だが、口にしたことは間違っていなかった。

篠田の口からは、貼り紙値段のことは出ていなかった。八之助から、篠田も承知のことだと聞いただけだ。

次に貞太郎は、飯岡屋へ足を向けた。篠田の反応には、失望があった。話が伝わっていないことでの、八之助に対する不満も大きかった。

「これは貞太郎さん」

八之助は、愛想よく迎えいれた。そしてすぐに、人通りのない路地へ連れられた。

「下曽根屋敷には、おいでにならなかったのですね」

まず尋ねられた。

「猪作をやったのですが」

賊に襲われたことは、知らないといった口ぶりだった。貞太郎は言葉を続けようとしたが、その前に八之助は、一気に言った。

「行かなかったのならば、何よりです。行けば、不正に手を出したことになります」

当然のことのように言っていた。

「しかしあなたは、貼り紙値段を事前に知る話を、私に勧めてきたのではないですか」

すると、八之助は怒った様子で首を横に振った。

「とんでもない、いつ私が不正をすることをお勧めしましたか」

「えっ」

仰天した。何を今さらといった気持ちだ。

「それにね、下曽根様にしても、そのような話をされては迷惑だと思いますよ」

強い口調で、いわれのないことを告げられているといった様子だ。

「な、なぜ」

阿久津も話に乗ってきていた。三人で酒を飲んで、打ち合わせもしたのだ。

「そのようなことを、なさるわけがない」

ここで八之助は、また元の愛想のよさにもどった。

「とにかく、下曽根家へ行かなかったのは何よりです」

と言い切った。百両がどうなったかについては、ここでも一切問われなかった。

貞太郎は奪われた百両について、話したものかどうか迷った。けれども、このまま引きさがることはできない気がした。企んだのは、八之助や阿久津も一緒だったという思いがあるからだ。

「実は、猪作に百両を運ばせたのです」

「それで」

「途中で襲われて」

「何と」

いかにも驚いたという顔になった。

「百両を、猪作さん一人が運んだのですか」

「いや、小僧をつけました」

「ずいぶんと、無謀な話ですね」

こちらが悪い、といった言い方になっていた。

「はい。しかし大げさにもできず」

「いえ、それはできません。何のための金かと問われたら、答えられません」

「それで、町奉行所には届けたのですか」

「それは賢明です」

八之助は、大きく頷いた。

「しかしこのままでは、百両は戻りません」

「そうですね。しかし公になって、ご公儀より処罰を受けることになるよりは、よほどよかったのでは」

「ううっ」

他人事、といった冷ややかな言い方に感じた。

「しかしこの話は、こちらのお勧めもあってのことで」

「待ってください。話はしましたがね、実際にできることとは思えない。やると言われたら、止めましたよ」

「まさか」

そういう話ではなかった。勧めてきたのは、八之助と阿久津の方だった。こちらが二の足を踏んだときには、「大丈夫ですよ」と笑顔を向けてきた。

「どうしてもご不満があるならば、町奉行所へお届けになるしかないのでは」

とまで言った。訴えるわけにはいかないから、ここへやって来たのだった。これでは、話にならない。

不満を抱えながらも、引き揚げざるを得なかった。

そして貞太郎は、駿河台の下曽根屋敷へ行った。門番に面会を求めた。

「阿久津様は御用繁多でな、会うことができぬ」

待たされたあげく、門番にそう告げられた。

「くそっ」

怒りの持って行き場がなかった。

「弐吉のやつ、さっさと捕らえろ。無駄飯食いめ」

行き場のない怒りは、そこへ向いた。

七

「次は下曽根茂右衛門様と用人の阿久津様だが、どう当たったらよいのか」

弐吉がため息を吐いた。一番とっつきにくい相手だった。

出入りの札差(ふださし)は松島屋で、金に困っているという気配はなかった。しかし用人の阿久津は、貞太郎の話に絡んでいた。しかも百両を受け取るという、大きな役目でだった。

問い質したところで、認めはしないだろう。

「目には見えないところで、金を使っているのでしょうか」

「それは殿様の方か。家来の方か」

「どちらにしても——」

冬太の問いかけに、弐吉が答えた。

屋敷へ行って、奉公人に当たる手もあるが、その前に一つ手があると、弐吉は思い当たった。

笠倉屋に木村亮助という、家禄百五十俵の札旦那がいた。御表御祐筆を務めている。

表祐筆も書記だが、機密に関するものではない。下曽根が務める、秘事に関する書記をする奥祐筆よりは軽い役だが、書記という役目としては近いのではないかと考えた。

「まずは、木村様に当たってみましょう」

弐吉は言った。夕暮れ近くになっている。そろそろ下城しているはずだった。

屋敷は本郷で、弐吉は途中で饅頭（まんじゅう）を買って手土産にした。まだ下城していなかったが、四半刻（しはんとき）ほどして姿を見せた。

「どうした」

木村は驚いた面持ちで、弐吉に目を向けた。札差の奉公人が札旦那の屋敷へ顔を出すのは、切米（きりまい）の折に、自家用米を届けるときだけだ。

「ちと、伺いたいことがありまして」

「何か。申してみよ」

玄関先で、問いかけをすることになった。饅頭を差し出すと、子どもが嬉（うれ）しそうな顔をした。

「下曽根様ならば、よく存じておる」

木村は言った。

「代々、御奥御祐筆組頭を務めている。御重職方の信頼は厚いぞ」

前に見た、気難しそうな顔を思い出した。

「役務には厳しいわけですね」

「そういうことだ」

「では、秘事を漏らすようなことは」

「あるわけがない」

直属の上役ではないが、下曽根を敬う気配が感じられた。

「お人柄は」

「実直といってよかろうよ」

下の者の仕事には、きちんと目を通す。間違いがあればただすが、後に引くことはない。人望があるようだ。

「下曽根様は、ご出世をお望みなのでしょうか」

黒崎を頭に置いて尋ねた。

「代々のお役目だからな。続けたいとお考えなのではないか」

出世を望む者ばかりでないのは、分かっている。

「お金には、困っていないでしょうね」

「うむ、そうであろうな。御役料の二百俵がつく。それは大きかろう」

なぜそういうことを訊くのかといった顔になった。

「同じ家禄でも、ずいぶんと事情は違うようで」

役料は、役を解かれれば支給されない。それを含めて貸すと、あとで苦しくなったり返せなくなったりする。札差としては、そこを踏まえておきたいと話した。

次に阿久津について、ついでのように問いかけた。

「あれは下曽根家の譜代でな。気難しいところもある殿様の下で、よくやっているように見えるが」

「何か、ありますか」

「裏表があるように感じる」

「どのような」

「下の者には、居丈高な物言いをする」

特に主のいないところでは、それが顕著だとか。そういう場面を目にしたらしい。

「金遣いはいかがでしょう」

「下曽根家は役料を合わせると六百俵の御家だ。わしらから見れば羨ましいぞ」

「はあ」

「しかしな、用人となると禄は多くはなかろう」

「どれくらいでしょう」

「四十俵貰っていればよい方ではないか」

笠倉屋にも、家禄が三十俵台の札旦那はそれなりにいる。どこも苦しいのは、会って話していれば伝わってきた。

「切り詰めた暮らしをしていたら、金が入りそうなときには、摑んでおきたいと思うんじゃねえか」

木村の屋敷を出たところで、冬太が言った。

「では、阿久津様が勝手にしたことでしょうか」

「それは分からねえさ」

侍は信じられない。それは、頭と体に染みついている。

「ただ言えることは、小心者の貞太郎は嘘をつき通すことができない男だ」

「そうですね」

「だとしたら、篠田と飯岡屋庄兵衛、八之助と阿久津の四人が一番怪しいな。これまで調べたことを踏まえれば、こいつらが仕組んだことと考えるのは当然じゃあねえか」

「実行したのは杉尾様ですね」

「他にやったとおぼしい者はいねえ」

冬太の言葉に、弐吉は頷いた。

第三章　言い掛り

一

朱色の強い日差しが、西空の低いあたりにある。沈みそうで沈まない。鳥が数羽、鳴き声を上げて飛んで行く。

弐吉は冬太と木村屋敷のあった本郷を抜けて、神田川河岸を東に歩きながら考えた。そこで思ったのは、猪作を襲ったと見ている杉尾が、本所相生町の薬種商い淡路屋へ、未払いの金子を返したかどうかという点だった。

百両すべてを手にしたとは思わないが、返済額以上は受け取っただろうと察している。

「どうしたでしょう」

それを確かめたくなった。

「返済の金子を得るために、襲ったのだろうからな」

冬太が返した。全額かどうかは分からないが、金子が入っているならば、少しずつでも払っているのではないか。

「確かめてみよう」

そこで竪川河岸にある淡路屋へ足を向けた。すでにだいぶ薄暗くなっていて、店は小僧が戸を立てようとしているところだった。番頭の姿が見えたので、冬太は声をかけた。

「これは旦那」

冬太は前に、ここで杉尾の未払いの代金について、聞き込みをしていた。六両という額だった。

「ええ、まだお払いいただいていません」

番頭は、いく分不安げな顔になった。返済期日が、迫ってきているからか。

商人は貸した金子の取り立ては、強気を崩さず行う。とはいえ家や娘を手放させるのが嬉しいとは、誰も思っていない。そんなことにならず、穏便に元利の合計を返してもらうのが一番だと願っていた。

家や娘を手放すのは、最後の手段だ。

「本人は」

「必ず払うとおっしゃっていますが」

襲ったのは間違いないと踏んでいるが、まだ返していない。慎重だ。

弐吉は両国橋、浅草橋と渡ったところで、冬太と別れた。通りは暗いが、飲食をさせる店は明かりを灯していた。すると道の向こうから、提灯を手にした侍がやって来た。

弐吉はそのまま通り過ぎようとしたが、声をかけられた。

「笠倉屋の弐吉ではないか」

顔を見て驚いた。ほんの少し前、その動きを探っていた杉尾だったからだ。

「どうしてここに」

「払いをな、いたさねばならぬところがあった」

「それは、何よりでございます」

ここで杉尾は、何か気づいた顔になった。

「その方、わしがよく返せたと思ったであろう」

「いや」

返答に困った。猪作を襲っているから、返すのはわけないことだろう。ただ怪しまれないために、慎重にしていると見ていた。しかしそれでも、今度は返す金をどこで拵えたかと考えることになった。

「先日笠倉屋へ金談に参った折、煙草入れを忘れたのを覚えているか」

「そういえば」

後で本所の屋敷へ届けたことを思い出した。

「あれをな、御蔵前片町の質屋へ持って行ったのだ」

古いもので、取り立てての品ではなかった。しかし銀煙管だったので、多少の銭にはなったとか。その金で返したという話だ。わざわざ口にしたのだから、そうなのかもしれないと考えた。

二言三言の言葉を交わして、杉尾とは別れた。

念のため、弐吉は御蔵前片町の質屋へ行った。御蔵前片町に質屋は一軒しかない。

「ええ。半刻くらい前に、杉尾様が見えましてね。銀煙管を置いていかれました」

杉尾はここの質屋を利用していて、これまでも、もろもろの品を置いていき流してしまっていたとか。

「これまでに、銀煙管を持って来たことはなかったのですか」

困っていたら、さっさと持って来たらよさそうなものだと思った。

「なかったですね。何でも、お父上様の形見だったそうで」

「なるほど。親の形見でしたか」

それならば、手放したくなかったのかもしれない。

弐吉は森田町の笠倉屋へ戻った。すでに表の戸は閉じられていた。弐吉は裏木戸から敷地の中へ入った。

まず清蔵に、一日の報告をしなくてはならない。

しかしその前に、暗がりからぬっと姿を見せた者がいた。動きを封じるように立ち塞がったのは、貞太郎だった。その向こうには、猪作の姿もあった。

貞太郎は、挑むような目を向けて言った。

「調べてきたことを、聞かせてもらおうか」

これまでのことも含めてだと付け足した。

「何でおまえに」

という言葉が、もう少しで口から出るところだった。ただ相手は、笠倉屋の若旦那なのは間違いなかった。貞太郎は、話さなければ建物の中には入れないぞといった気配で、目の前に立っている。

「清蔵さんに頼まれたことですので」

前に猪作と調べ物をして、聞き取ったことをすべて手柄にされたことがあった。

手柄うんぬんはいいが、妨げになりそうなのが嫌だった。

「清蔵に言って、私には伝えられないのか」

目が吊(つ)り上がったのが分かった。清蔵よりも、自分が下だと告げられたと感じたらしかった。自尊心だけは、誰よりも強い。まずい言い方をしたと思ったが、もう遅かった。

「私は笠倉屋の若主人だ」

と言い直した。

「しかたがない」

腹を決めた。ただ詳細を伝えるつもりはなかった。何を話そうかと思案していると、貞太郎が問いかけてきた。

「猪作を襲った者の見当は、ついているのだろう」

「確たる証(あかし)はありませんが」

「かまわないさ」

「怪しいとはいっても、襲撃があったときに、本人は違う場所にいたと話しています。そこで声をかけたと言う方もあります」

「それでは怪しいといっても、本人に当たることはできないのではないか」

「まことに。まだまだあやふやで」

これで誤魔化したいと考えたが、貞太郎は苛立った。

「ともあれ、誰か言ってみろ」

何か聞き出さずにはいられない気持ちだったようだ。

「札旦那の、杉尾様です」

「なるほど。襲撃のあった日、おまえと金談をしていた札旦那だな」

「そうです」

五匁銀だけ渡したことを付け足した。

「今しがた、店へ戻る途中で侍と話をしていたな。あれは杉尾ではなかったか」

見られていたとは思わなかった。まさか、つけてきていたのか。それに、札旦那を呼び捨てにしている。札差の家ではどこも、どんなに微禄の家であっても、札旦那である場合は呼び捨てにはしない。客だからだ。

「そうです」

「示し合わせて会ったのか」

嫌な言い方だと思った。

「ばったり会いました」

「何を話したのか。一番、怪しんでいる者ではないのか」

「はい。ですからどうして蔵前橋通りへ来られたのかとうかがいました」

「何と答えたのか」

「この近くへ、支払いをしに来たそうで」

「ふん」

口元に嗤いを浮かべて、貞太郎は猪作と顔を見合わせた。

「うちの様子を、探りに来たのではないのか」

「そうかも知れません」

貞太郎と猪作で話した。そして貞太郎が弐吉に言った。

「また、新たなことがあったら伝えろ」

それで行こうとするので、弐吉は念を押した。

「これは確証のない話です。漏らすことのないように」

「当り前だ。いちいち小賢しいことを言うな」

どやされた。それから弐吉は、清蔵のところへ行って一日の報告をし、続けて貞太郎から問われ答えたことを伝えた。

「余計なことをしなければいいが」

聞いた清蔵は返した。苦々しい表情になったが、伝えたことについては何も言わなかった。

二

清蔵への報告が終わって、弐吉は食事のために台所へ向かう。一日歩き回って腹を空（す）かせていた。

すでに他の奉公人たちは、食事を終えている刻限だった。

小僧のときは、遅くなると飯や汁など、すべて食べられてしまうことがあった。猪作の嫌がらせだ。けれども手代になってからは、それがなくなった。お文が、遅くなりそうなときには取り分けておいてくれるからだった。

お文の気配りだ。

中山道本庄宿（なかせんどうほんじょうしゅく）に近い村の出で、縁戚（えんせき）に当たる清蔵を頼って江戸へ出て来たという話は、笠倉屋の者ならば誰もが知っていた。名主や百姓代といった、それなりの家の生まれらしい。あくまでも噂なので、弐吉ははっきりしたことは分からない。だからかお文は、笠倉屋ではただの下働きの奉公人ではなかった。

何を思って過ごしているかは知るよしもないが、生まれ在所で何か好ましくないことがあって江戸へ出て来たのだろうとは、弐吉にも予想がつく。ただそれについては、誰も触れない。

触れてはいけないことと弐吉は感じていた。

「おや」

台所の傍まで行って、弐吉は足を止めた。女の話し声が聞こえたからだ。台所にいるのは、お狛とお文だった。

お狛が台所にいるのは珍しい。

食事のことは、お徳の指図を受けたお文がすべて差配をしていた。主人一家のものはもちろん、奉公人たちの分についても、下働きの女中を使っておこなった。

「何を話しているのか」

立ち聞きはよくないのは分かっているが、気になった。お狛の声が聞こえた。

「いい話だと思うんだけどねえ」

「はあ」

「先さまは、あんたを見込んで、ぜひにもと言っているんだから」

「ありがたいとは思いますが」

「もうそれなりの歳だし、気持ちを切り替えて、先のことを考えなくちゃいけないよ」

「…………」

「おっかさんも、案じているんだから」

お狛が口にしたおっかさんとは、お徳を指している。聞いていると、どうやらお文に縁談があるらしかった。

弐吉は少しばかりどきりとした。望まれての縁談らしい。

お狛やお徳が薦める相手ならば、それなりの者に違いなかった。耳を澄ませているが、相手の名は、ここでは出なかった。

歳の話が出ていたが、お文は十九歳になる。考えてみれば、そういう話が出るのは、当然といってよかった。むしろ遅いくらいだ。

ただお文は、気が進まない様子だった。表情では窺(うかが)えないが、返事の様子を聞いているだけで察せられた。

それで弐吉は、ほっとしている自分に気がついた。縁談が調えば、笠倉屋からお文が出てゆく話だからだ。弐吉にとって、お文がいない笠倉屋での暮らしは考えられないものである。

とはいえ、お文がいつまでも笠倉屋にいるのは、あり得ない話だった。

ここで弐吉は、物音を立ててしまった。足をわずかに前に出して、そのはずみで軋み音が鳴った。

二人の話し声が止まった。

仕方がないので、弐吉はそのまま台所へ入った。何事もないような顔をしたつもりだった。

「まあ、よく考えて」

お狛はお文に告げると、弐吉には一瞥を寄こしただけで台所から出て行った。

弐吉は残ったお文に黙礼をすると、自分の箱膳を取り出した。何か言葉をかけたかったが、出てこなかった。

関心があっても、自分には立ち入ることができない話だった。

「お腹が空いたでしょ」

飯を出してくれたお文は、そう言って味噌汁を温め直してくれた。

「ありがとうございます」

箱膳には、すでに香の物と焼いた鰯の目刺が二尾入っていた。小僧にはない、手代にだけつく一品だ。

「今日の調べは、どうでしたか」

お狛とお徳の話には触れず、お文は問いかけてきた。

お狛とお徳は傲慢で、一度自分が持ち出した話は、そのまま押そうとする。お文はどうするのかと思ったが、それには触れず、簡単に一日の報告をした。貞太郎に調べの内容について伝えろと迫られたこともだ。

お文は問われたからといって、自分の気持ちを伝えてくるわけではない。生まれ在所で何があったかが分からなければ、寄り添った声掛けはできないだろう。またお文に、立ち聞きしたことを知られるのは嫌だった。

「貞太郎さんは、焦っているのですね」

やはり百両を奪われたのは大きいのだろうと言い足した。

「大おかみさんとおかみさんは、どちらも貞太郎さんには甘いですが、少し様子が違う気がします」

「どう違うのですか」

「おかみさんは、今はどうであっても、立派な跡取りになってほしいと思っています。そこで支える者が必要だと」

「それが猪作さんですか」

「どうやらそのようで」

「大おかみさんは」

「もちろん跡取りになってほしいのでしょうが、万事に可愛いが先に立つようで」

周りのことは、考えられないのかもしれない。

「猪作さんも、今度ばかりは追い詰められています。佐吉さんや桑造さんは、自分からは近寄りません」

お文は言った。企みがあったとはいえ、百両を奪われた身だ。手代の二人は、親しいとは見られたくないのだろう。

「おかみさんは、猪作さんにがっかりしています」

「若旦那の仕事を、守れなかったからですね」

お狛の気持ちは、猪作に伝わっているはずだ。猪作は、そういうことには敏感だ。

「本来ならば、弐吉さんの役目は、猪作さんがするところではないでしょうか」

「そうですね」

取り返すことで、あるいは企んだ者を炙り出すことで、しくじりの挽回ができる。

けれども弐吉が当たっていれば、その機会はない。

「おかみさんにしたら、取り返す役目は、猪作さんにさせたいようです。ですがさすがに、奪われた者にやらせろとは言えないわけで」

「しかし大おかみさんとおかみさんが二人で、旦那さんにそうしろと告げたらどうでしょう。旦那さんはお許しになるのでは」

「でも、それで奪い返せなかったら、猪作さんは店にはいられなくなります」

「なるほど」

猪作には、貞太郎と同じように苛立ちがあり、弐吉を恨んでいる。先ほど貞太郎に迫られたとき、後ろに猪作がいた。自分に向ける眼差しに、怒りと恨みがあった。怒りや恨みを持たれるのは筋違いだと思うが、これは弐吉にはどうにもならない。

「厄介な役目を押しつけられている」

弐吉は呟いた。

三

次の日も、朝から暑い一日だった。お文は何事もないように、余計な口はきかず過ごしていた。表情に変化はない。

弐吉はその胸の内を知りたいと思ったが、どうにもならなかった。縁談は、あくまでもお文の問題だ。またそれを話題にする手代や小僧はいなかった。

猪作とは朝飯のときに一緒になったが、向こうは目を合わせなかった。お文が拵えてくれた握り飯を腰にして、弐吉は笠倉屋を出た。

探りに出て五日目になる。犯行に関わった者のおぼろげな姿は見えたが、確証は何も摑んでいない。そろそろ進展をさせたいところだった。

店先には、札旦那が顔を見せている。

「今日も出かけるのか」

と声をかけられた。対談できる順番が、手代一人分減るのが面白くないのかもしれない。また猪作が大金を奪われたことを、知らない様子でもあった。この件は、清蔵が奉公人たちに口止めをしていた。

お浦は気づいている様子だったが、あの娘は口が堅い。

「あいすみません」

札旦那に頭を下げて、弐吉は通り過ぎた。

弐吉としてみれば、札差の手代としての本来の仕事に戻りたいところだった。岡っ引きの真似のようなことは、したくはなかった。

浅草御門の前で、弐吉は冬太と会った。今朝も強い日差しと蟬の音が、空から降ってきていた。

「今日は、襲撃のあった暮れ六つ前後の篠田と阿久津、八之助の動きを探ってみよう」

「そうですね。杉尾様は、柳原通りの屋台で、一合の酒を飲んだと言っていますが、それが犯行ができない証になっています」

弐吉が応じた。

「そこを崩すのさ」

冬太は頷いたが、これは弐吉も考えていたことだった。

「そもそも杉尾が酒を飲んでいたところに声をかけたのが、篠田だった。酒を飲んでいたのが杉尾でなければ、誰か」

「八之助ではないですね」

侍だったのは、酒を売った屋台の親仁が証言している。

「ならば、阿久津ということになるな」

余計な仲間は増やさないだろう。阿久津のあの夜の動きをはっきりさせられれば、杉尾に迫ることができる。

「襲撃があった日の暮れ六つ前、阿久津は下曽根家の蔵宿、天王町の札差松島屋へ顔を出していました。さして用もないのに」

「その後で、柳原通りの屋台で酒を飲むのはたやすいことだろうよ」

弐吉の言葉に、冬太が返した。冬太はそのまま続けた。

「しかしこれは、誰にも気づかれないようにやらなくてはならねえ」

「そうですね。飲んでいるところを知り合いに見られたら、企みのすべては崩れてしまいますからね」

「うむ。これは杉尾の犯行時の居場所を偽装するには都合がいいが、阿久津にしてみれば危ない橋を渡ることになる」

篠田と杉尾の間にどのような約定があろうと、いざとなれば自分が可愛い。殿様である下曽根と組んでの動きならばいいが、己だけの企みとして動いていたら、屋敷内でも疑われるようなことがあってはならない。

「それなのにどうして、わざわざ松島屋へ顔を出したのか」

弐吉は、阿久津の立場になって考えてみた。すると一つの考えが浮かんだ。

「杉尾様があの日屋台で酒を飲んでいたとするには、篠田様の他に、もう一人の侍がいなくてはなりません」

「それはそうだ」

「ただ阿久津様は疑われます」

貞太郎が名を挙げるのは間違いないからだ。下曽根家にも問い合わせがあると考えるだろう。

「そのとき屋敷にいなかったとなれば、怪しまれるだろうな」

「どこへ行っていたかとなりますね」

そのためには、阿久津は札差の松島屋へ顔を出しておく必要があった。

「行き先を告げられなければ、疑われる。疑うのは、おれたちだけではない」

「そうですね」

「もし下曽根茂右衛門が、事件を知らなかったら、おれたちが訪ねて行ったことを耳にすれば、何事だと思うだろう」

「はい」

阿久津が独断で企みに関わっていたら、当主に疑われたくはない。そこが阿久津にとって、もっとも処理しておかなくてはならない肝心なところと察せられた。

下曽根は、謹厳で実直な人物との評だった。

「だとしたら、松島屋を出た後の阿久津の動きを、改めてさらっておく必要があるな」

松島屋のある天王町から、柳原通りの酒を飲ませた屋台までの道のりだ。笠倉屋のある森田町よりも、天王町は浅草御門に近い。

弐吉は冬太と共に松島屋の店の前に立った。店には、札旦那が出入りをしている。小僧が店の前で水をまいていたので、弐吉が問いかけた。

「二十二日の夕刻あたりのことだが、札旦那の下曽根家のご用人阿久津様が見えたのを覚えているかね」

「ああ、そういえば見えていたような」

「店を出た後、どうしたか気づいていたかい」

「いやそれは」

気になどしていない。小僧にしてみれば、店を出た後の札旦那の動きなど、どうでもいいことだった。

店の前には、四人の札旦那らしい侍がたむろしていた。金を借りに来て、借りられなかった者たちかもしれない。たいていの札差の店の前には、そういう札旦那が何人かいた。

そこで弐吉は、松島屋の店の前でたむろしている侍たちに問いかけた。

「下曽根家のご用人阿久津様をご存じでしょうか」

「さあ」

二人はあっさり首を振ったが、二人は知っていると頷いた。対談を待っている間に、話くらいはする間柄になった。

「最近、ここでお会いになったでしょうか」

「会ってはおらぬな」

一人はそう答えたが、もう一人は会ったと応じた。

「いつのことでしょう」

「四、五日前のことだな。暮れ六つの鐘が鳴る前だった」

それならば、襲撃のあった日だ。阿久津は、その前後の日には松島屋へ顔を出していない。

「では店を出た後、どこへ行ったか覚えておいでですしょうか」

「あちらへ歩いて行ったが」

指差しをしたのは、浅草御門の方だった。予想通りだが、ここからがたいへんだ。阿久津を知る者がいるかどうかだ。

炎天下でも、それなりに人は歩いている。ただ一人一人尋ねるのでは、埒が明かないだろう。

「松島屋さん以外で、下曽根家へ出入りしている店はないのでしょうか」

それが分かれば、次に繋がる。

「ならば知っているぞ」

阿久津とは会っていなかった方の侍が言った。

「どちらでございましょう」

「高いぞ」

と掌を差し出した。

「これが侍か」

弐吉は、胸の内で舌打ちをした。町の破落戸並みだ。しかし気持ちが顔に出ないように注意をした。

「ご無礼をいたしました」

三十文ほどを摑んで、掌に載せた。

「茅町一丁目の草履屋だ」

「それならば、知っています」

浅草御門とは、目と鼻の先だ。早速向かった。店の手代に問いかけた。

「ああその日なら、阿久津様をお見掛けしてご挨拶をしました」

店は閉じる間際だったが、明かりを灯(とも)していた。

「お声をおかけしたら、驚いていらっしゃいました」

頭を下げたが、言葉を交わしたわけではなかった。足早に行ってしまったとか。

「どこへ」

「浅草橋を南へ渡りました」

「そうか」

柳原通りへの道筋だ。ただこれだけでは、屋台で酒を飲んでいたことにはならない。橋を渡って南側の袂(たもと)へ出たが、ここでは阿久津の動きを探ることはできなかった。

「ここまでですね」

悔しいが、弐吉はそう漏らした。

四

「仕方がねえ。ただ、何も摑めなかったとも言えねえぜ」

冬太が告げた。

「そうですね。阿久津様は杉尾様が猪作さんを襲うのを知っていたわけですから」

弐吉が応じた。そもそも阿久津は、下曽根屋敷にいて百両を受け取るのが役目だった。それをしないで、屋敷を出たのである。

猪作が運ぶ金子を受け取るつもりなど、初めからなかった。

「杉尾に襲わせたのは、企てた自分や篠田、八之助が、関わりのない者になるためだからな」

「そもそも貼り紙値段を事前に知るなど、できるわけがありません」

企んだ者たちも憎いが、まんまと話に乗った貞太郎には、それにまさる腹立たしさがあった。

「愚かだ」

貼り紙値段が事前に漏れれば、米価が混乱するのは明らかだ。そして公儀の威信は地に落ちる。不審な動きをした者として怪しまれれば、厳しい問い質しとなる。やわな貞太郎が、堪えられるわけがない。

そうなれば百両で済む話ではなくなる。

「ともあれ、篠田と阿久津の犯行時の動きは見当がついた」

「次は八之助ですね」

いつの間にか、呼び捨てになっていた。

「店にいたのか」

「それでは、分け前は得られないのでは」

「では、何をしたのか」

「そこを当たってみましょう」

弐吉と冬太は、飯岡屋のある日本橋富沢町へ行った。浜町河岸にある町だ。強い日差しを、水面が照り返している。荷船の艪の音が、あたりに響いていた。

関わった者を洗って行けば、必ず綻びが出てきて、犯行を暴く手掛りになると信じていた。

下野や常陸、下総では貸倒があったとはいえ、店の商いが今すぐ危うくなるというのではなさそうだ。飢饉の噂がある中でも、江戸では絹物の呉服を求める者はいる。出入りする客の姿があった。その中には、嫁入りを前にしたらしい年頃の娘の姿も見受けられた。

店の中を覗くと、帳場の奥にいる主人庄兵衛と客対応をする八之助の姿が窺えた。八之助は、愛想よく品を薦めている。

隣の店の小僧に、事件のあった日の八之助の動きについて尋ねたが、まったく覚えていなかった。これは当然だろう。

それで次は冬太が、通りに出て来た飯岡屋の小僧に問いかけた。

「番頭さんが夕刻以降に出かけることは珍しくありません」

酒を飲んで帰って来るときもあれば、そうでないこともあった。

「二十二日は、夕刻前には出かけていたと思います」

自信なげだがそう答えた。

「それでどこへ行ったかだな」

冬太が言った。

「襲撃を、どこかで見ていたかもしれませんね」

「うむ、ありそうだ。犯行の場所へ行ってみよう」

新シ橋に近い久右衛門町河岸へ足を向けた。

「このあたりだな」

犯行の場に遭遇した冬太が、あたりを手で示した。

「賊が駆け込んだのが、その道だ」

北へ延びる新シ橋通りだ。町家を少し行けば、人通りのない武家地となる。右手は神田餌鳥屋敷で、左手は蔵地となる。このあたりは、昼間でも人通りは少なかった。日が落ちれば真っ暗になる。

そのまま進めば、対馬藩や忍藩の上屋敷を経て、三味線堀に出る。

「八之助は、闇の中に潜んで、襲撃の場を見ていたはずです」

それに気づいた者を捜すことにした。あの夜、たまたま通りかかった者を今から捜すのは難しい。近くの店に声をかけていった。

「ええ。あのときには叫び声のようなものを聞いて、外に飛び出しました」

問いかけた薪炭屋の手代が答えた。

「では、刀を抜いた侍を見たかね」

冬太が問いかけを続けてゆく。

「見ました。あっちへ駆けてゆくところで」

新シ橋通りに目を向けた。

「そこに誰かいなかったか」

「いなかったと思いますが。何しろ斬られた町人の方が、気になったんで」

その場にいたら、当然の反応だろう。問いかけをしている冬太も、あの時には気がつかなかった。通りに飛び出したという他の奉公人にも聞いたが、気づいた者はいなかった。

隣の材木屋へ行った。ここからも、人が出ていた。けれども期待した返答は得られなかった。

このままでは、何も摑めない。そこで弐吉が、問いかける内容を変えた。

「あのとき通りかかった人で、覚えている人はいませんか」

すると「ああ」と頷いた者がいた。

「神田川の向こう河岸豊島町の乾物屋の番頭さんがいたっけ」

材木屋にも出入りをしている者だとか。

そこで橋を南に渡って、乾物屋へ行った。

「そういえば、新シ橋通りでお侍と町人がいるのを見かけました」

「どのあたりか」

「新シ橋からは、だいぶ離れたところでした」

橋から通りに入って、左手蔵地が終わった角のところだとか。東へ進めば佐久間町四丁目に出る。その明かりは、かなり先に見えた。

乾物屋の番頭は東側の平戸藩や与板藩の上屋敷に挟まれた道から、新シ橋通りへ出たという。出入りをしている旗本家から、進物用の鰹節を持って来るようにと頼まれた。届けた後の帰り道だったそうな。

「角を曲がったところで二人がいて、顔を寄せるように何かやっていました」

どちらも提灯(ちょうちん)を持っていなかった。乾物屋の番頭が提灯を持っていたので、その様子を見ることができた。

「私が通りかかったので、慌てて背中を向けました」

「それでどうした」

「気味が悪いので、早々に通り過ぎました」

「そうか」

ついに現れたぞという顔で、冬太は弐吉の顔を見た。

「そのまま歩いて久右衛門町河岸に出ると、騒ぎになっているのに気がつきました。町人が斬られたと聞いて、びっくりしました」

人だかりの間から、斬られた者の様子を窺った。

「暗がりにいた侍と町人が、その襲撃に関わるとは考えなかったのかね」

「河岸では斬られたという話で、その前のことなど頭から消えていました。だいぶ離れていましたし、今言われて、思い出したところです」

「暗がりで、侍と町人は何をしていたのか」

冬太は問いかけを続けてゆく。

「さあ」

短い間で、気にもしないで通り過ぎた。

「ささいなことでもいいから、何か覚えていることはないか」

冬太が重ねて問うと、番頭はしばらく考えこんだ。

「そういえば、袋か何かを手にしていて、町人がそこから出したものを、侍に渡していたような」

やっと記憶に浮かんだらしかった。

「ほう」

「通り過ぎた後すぐに、足音が聞こえました。別々の方向へ行ったんだと思います」

三味線堀の方向と、佐久間町四丁目の方向だった。

「どちらがどちらだ」

「見たわけではありませんが、三味線堀の方が、しっかりした足取りでした」

そちらが侍のものか。町人と侍の顔は、ほとんど見えなかったそうな。

乾物屋を出てから、弐吉は冬太と話をした。

「侍は杉尾で、町人は八之助ですね」

「そうだろう。襲う場を見ていて、それからだいぶ離れた場所へ移って、奪った金を分け合ったんだ」

「八之助が金を受け取って、その中から分け前を与えたのかもしれません」

弐吉は言った。仲間には、他に篠田と阿久津がいる。

「杉尾は、命じられて動いただけではないか」

冬太は答えた。

「奪った若旦那の百両は、四人に分けられたわけですね」

「八之助は、飯岡屋へ入れたかもしれないが」

分配比率は分からない。ともあれ杉尾以外の、三人の役割が見えた。

五

「しかし歯痒いな。ここまで分かっても、誰一人捕らえることができない」

冬太が言った。分かったことは、推量の域を出ないものばかりだからだ。乾物屋の番頭が、侍と町人を見たというあたりに行ってみた。

侍が三味線堀の方へ逃げ、町人は横道に入ったと推量している。弐吉と冬太は、横道に入った。

武家地を少し行くと、佐久間町四丁目に出る。片側は武家地だが、町家が並んでいた。小振りな商家もあった。

暮れ六つの鐘が鳴って四半刻（しはんとき）ほどのことだから、町の明かりがあったはずだ。八之助を見た者がいるかも知れないと問いかけをした。しかし記憶にある者はいなかった。

町人というだけでは、問われた方も答えようがなかったかもしれない。

まだ夕暮れには間があったが、冬太は城野原に報告へ行くというので、新シ橋の袂（たもと）で別れた。弐吉は笠倉屋へ向かう。

まだ札旦那がいたら、相手をしてもいいと思った。そろそろ札差（ふださし）の手代としての仕事をしたくなっていた。

「弐吉さん」

瓦町（かわらまち）を歩いているあたりで、声をかけられた。若い女子（おなご）の声だ。顔を見なくても、お浦の声だと分かった。弐吉に声をかけてくる若い娘は、他にはいない。

「調べはうまくいっているのかい」

前に、その話をしたことがあった。

「まあ」

今日は、口に飴を押しこんでは来なかった。にこにこしている。

「いいことを、教えてあげようか」

もったいをつけた言い方だった。どうせ大した話ではないだろうから、本音はどうでもよかった。それでも一応言ってみた。

「何ですか。いったい」

「知りたい」

「そうですね」

いいと断れば、膨れっ面をしそうだった。

「それならば葛餅をご馳走してくれたら、教えてあげる」

通りにある甘味屋に目をやった。お浦はうるさいやつだと思うことはあるが、何度も飴玉を貰っている。慰められたこともあった。手代になって給金も貰えるようになったので、葛餅くらい馳走してやってもいいと思った。

「よし。食べましょう」

気晴らしもしたかった。店に入って、同じ縁台に座った。お浦は、初めのうちは庭に咲いた朝顔の話をしていた。葛餅が運ばれてきたところで、弐吉は尋ねた。

「いい話って、何ですか」

「あんた、婿に入らないかい」

顔に笑みが残っている。ただ少し緊張した雰囲気が浮かんでいた。

「えっ。何ですかそれは」

驚いた。何を言い出すのかと思った。

「だからさ。面白い話だよ」

「婿って、どこへですか」

唐突で、真剣に考える気にもなっていなかった。お浦のその場限りの面白話に、付き合わされるのだと覚悟した。

「雪洞だよ」

「まさか」

お浦の母お歌が商う小料理屋だ。お歌は器量よしで人あしらいがうまい。弟の里吉が板前で、お浦はその手伝いをしていた。安い店ではないが、札差や米問屋の番頭辺りが利用していて、繁盛していた。

お浦は一人娘だから、雪洞に婿に入るとなれば、お浦と祝言を挙げることになる。

「怒った顔になった」

「あんまり、いきなりだから」

弐吉がそう答えると、お浦は一つため息を吐いてから笑顔を見せた。

「でも、おっかさんが親戚の人と話していた」

話してから一瞬、真顔になった。ひょっとしたら本当かもしれないと思ったが、口にはしなかった。

「ふーん。でも自分には、板前の仕事なんてできませんよ」

「そうだね」

お浦はあっはっはと笑った。そのとき弐吉の頭に、どうしたわけかお文の顔が浮かんだ。

台所での、何を考えているのか分からない表情のない顔である。それで少し慌てた。

食べかけていた葛餅を、一気に食べてしまった。甘さだけが口に残って、味がよく分からなかった。なぜお文の顔が浮かんだかは、自分でも分からない。

「気にしなくたっていいよ。弐吉さんは札差になるんだろ」

さばさばした言い方になった。

「そうです」

一点の曇りもない。

「ならばいいことって何か」

と思った。

「お浦にとっていいことなのか」

そう振り返って、どきりとした。弐吉が、雪洞の婿になる話だ。しかしそのこと
は、考えないことにした。

「昨日の夕方だけど、貞太郎のやつが、またうちへやって来た」

残りの葛餅を食べ終えたお浦が言った。

貞太郎は、吉原通いもしているが、素人娘や後家にも手を出す。蔵前橋通りの誰
もが知っているわけではないが、知っている者は少なからずいた。笠倉屋の次の代
は大丈夫かという話になるのは、そういう噂があるからだ。

貞太郎は、お浦にも気があるらしかった。顧客で金を落としてくれるから相手に
しているが、お浦は嫌っていた。

「猪作のやつも、一緒でね」

「私のことを、何か言っていたんですね」

「前からだけど、恨んでいるみたい」

それは、承知のことだった。

「変なことを企んでいる。お侍の名が出ていた」

「侍だって」

「そうだよ」

「どんな名だったんですか」

「ええと、杉尾とか」

それならば、話に出たかもしれない。昨夜伝えたばかりだ。二人なりに何か考えていることはあるだろう。

「気を付けた方がいいよ」

「ありがとう」

お浦の好意は分かったし、話をすればそれなりに楽しかった。

六

夏の日もようやく薄暗くなってきた。落ちそうで落ちない西日が、つい先ほどまで、ずっと居座っていた。

笠倉屋にはまだ札旦那がいて、弐吉は裏口から敷地の中に入った。いつも真っ先に清蔵に挨拶をするが、その前に猪作と目が合った。対談を終わらせた札旦那を、帰らせた直後のようだった。

いつも冷ややかだが、今日はそれに怒りがこもっていた。武吉が頭を下げると、無視をされた。そのまま清蔵のもとへ行って、別室で調べたことを伝えた。金左衛門は外出中で、後ほど清蔵が伝えてくれる。

「やつらの動きとしては、そんなところだろう」

聞き終えた清蔵は言った。

「はい」

「ただ確証はないから、こちらの推量となる」

「そうですね」

冬太とも話したことだった。確証がなければ、相手は認めない。

「また推量である以上、他の考え方をする者もいる」

「はあ」

何を言い出すのかと思ったが、それほど気に留めたわけではなかった。その後、久しぶりに一人だけ札旦那と対談をした。銀四十匁の借り入れだったが、五年以上前の返済ができていなかった。貸せない相手だが、ともあれ事情は聞いてやった。

「たいへんですね」

と同情する発言をした。それで態度が、いく分軟化した。札旦那も、もう借りられないことは薄々気づいている。

ただ追い詰められていることも確からしかった。

結局は銀五匁だけ貸して帰らせた。銀五匁までは対談をする手代の裁量だが、これも重なるとできなくなる。

この客が、この日の最後の客となった。それで店を閉めたが、その間に外出していた金左衛門が帰ってきていた。いつの間にか、清蔵と猪作の姿も見えなくなっている。

そして少しして、猪作が奥から姿を見せた。

「武吉、ちょっと来い。旦那様がお呼びだ」

冷ややかな口調はいつもと変わらないが、目に嘲笑う気配があった。お浦の、

「気を付けた方がいいよ」との言葉を思い出した。

「はい。何でしょう」

「来れば分かる」

ついていった。日頃奉公人は入らない、お狛とお徳が使う奥の部屋だった。

ている。

二間続きの部屋で、床の間のある十畳に、お狛とお徳、金左衛門と貞太郎、それに清蔵がいた。お狛とお徳の自分に向ける目の険しさに驚いた。いつもは無視されている。

二人に対して、いったい自分は何をしたのかと考えたほどだった。

弐吉と猪作は、襖が開かれた手前の八畳間へ入って腰を下ろした。

「参りました」

畳に両手をついて、弐吉は頭を下げた。答礼はない。ここで貞太郎が口を開いた。

「この度の貼り紙値段については、私に至らないところがあった。それについては、迷惑をかけました」

するとすぐに、猪作が続けた。

「いえ、金子を奪われた私のしくじりで」

両手をついて、額を畳にこすりつけた。わざとらしい掛け合いに見えたが、次に何が来るのかと気になった。二人は、反省して口にしているのではない。貞太郎が続けた。

「怪しいと見ているのは、札旦那の杉尾股十郎様という話になっています」

「そのようだねえ」

お徳が応じた。

「ただ日にちがたっているにもかかわらず、確かな証拠が得られません」

「困ったものだよ。百両は大きいからね。取り返してもらわないと」

貞太郎の言葉に、お狛が続けた。二人のやり取りを聞いていると、確かな証拠が得られないのは、捜している者の尽力が足りないと言っているように聞こえる。金左衛門と清蔵は、渋い顔をしていた。

「なぜ日にちがたっても、確たる証が得られないのか。考えました。どうもおかしいと」

貞太郎は、十畳の部屋にいる者たちの顔を順に見回した。そして続けた。

「思い当たることがありました」

「何だい」

お徳が促した。

「あの日、百両のことを、杉尾様はどうして知ったのでしょうか」

「それは企みをした、篠田様や阿久津様、あるいは飯岡屋の八之助さんから伝えられたと考えています」

弐吉は伝えた。他に考えられる人物はいない。話が話だから、貞太郎に勝手なことは言わせておけなかった。

「いや、そうとは限らない。他に知らせた者がいるのではないかと、私は思っているんですよ」

「…………」

何が言いたいのか、見当もつかない。弐吉は息を呑んで、貞太郎の次の言葉を待った。

「篠田様は、屋台で酒を飲んでいた杉尾様に、声をかけたとおっしゃっている」

「それで杉尾様は、私を襲うことができないという話になりました」

猪作が続けた。貞太郎が、大げさに頷いた。

「でもね。私はその酒を飲ませた親仁に確かめたんですよ」

「あんた、そこまでしたんだねえ」

お狛が感心したような口調で返した。

「それくらいは、当然です。そうしたら、飲んだ酒は一合だけだったっていうじゃないですか。しかもすぐに飲み終えて、代を払って立ち去ったと聞きましたよ」

篠田が声をかけたのは、その間だったという話だ。

「ならばすぐに、久右衛門町河岸へ行けました」

猪作の言葉を聞いて、弐吉は二人が何を言いたいのか考えた。そこで「あっ」と声が出そうになった。杉尾が襲ったのは、篠田や阿久津らの企みではなく、他の者の企みだとしようとしていると気がついたからだ。

「いや、その考えには無理があります。暮れ六つ過ぎに浅草御門に近い柳原通りで酒を飲んでいては、犯行の場へは間に合いません。猪作さんが、よほどゆっくり歩いていたとしてもです」

「何だと、私が油を売っていたとでもいうのか」

猪作は怒気のある声で返してきた。少しでも、己に非のある話になると反応する。

「いえ、無理だということを言っています」

だからこそ篠田らは、闇の中に阿久津を置いて一芝居打ったのだ。

「できなかったという確かな証拠があるのか」

貞太郎も大きな声で返してきた。証拠というならば、犯行現場まで行けたという証拠もない。そのことを告げようとしたとき、お徳が割って入った。

「では杉尾様に伝えたのは、誰だというんだい」

問いかけた相手は、貞太郎だった。

「弐吉ですよ。他には考えられません」

「ええっ」

弐吉は、今度は本当に声を上げた。まったくの言い掛りだ。

「どうしてそう考えるのかね」

それまで聞いているだけだった金左衛門が口を開いた。得心のいかない顔だ。

「杉尾様と弐吉は、繋がっているからです」

「そのようなことは、あるはずがありません」

弐吉は慌てた。貞太郎と猪作は、自分を杉尾の仲間にしようとしているとはっきりしたからだ。

本をただせば、貞太郎が不正を行って阿漕な金稼ぎをしようとしたことから始まっている。猪作にしても、それを承知で運び役をしたのだ。しかもまんまと奪われた。

どの面下げてそういうことが言えるのかと、全身が熱くなった。

「いやあります」

猪作が、お狛とお徳に顔を向けた。

「あの日、杉尾様は店に金を借りに来ていました。相手をしたのは、弐吉でした」

店を閉める少し前だった。よく覚えている。

「あの夜、店の片付けをしている頃、弐吉は外出をしました。どこへ行った」

初めて問いかけをしてきたが、卑怯なやり方だ。

「杉尾様のお屋敷です。店に、煙草入れをお忘れになったからです」

「なぜすぐに、追いかけて手渡さなかったのか」

「気づいたのが、遅かったからです。杉尾様は、もう近くにはおいでになりませんでした」

「届けに行ったのは、いつのことだ」

「店に札旦那の姿がなくなってからです」

「届けに行った折に、何を話した」

問い質しといっていい口ぶりだった。

「屋敷には杉尾様が戻られていませんでしたので、お子さんに煙草入れをお預けしました」

「ふん。知れたものではないな。本当は、屋台の近くで杉尾様と落ち合って、私が運ぶ金子の話をしたのに違いありません」

弐吉の言葉を無視して、猪作は言った。

「分け前の話をしたかもしれないねえ」

貞太郎が、呟くように言った。

「私は、猪作さんが百両もの金子を運ぶなどという話は、まったく知りませんでした。店の誰もが知らなかったはずです」

これは胸を張って言えた。二人で、内密におこなったことだ。

「確かに誰にも知らせはしなかったが、私と猪作は、店の裏手で話をした。それを聞いていたんだ」

「まさかそんなこと」

「いや、そうかもしれません。立ち聞きくらいするでしょう。弐吉が杉尾様のお屋敷に出向いたのは、その後でした」

猪作が続けた。弐吉は、知らせに行くことができたと告げていた。

「そうだったのかい」

お徳が、それに頷いた。弐吉は、体中から汗が噴き出しているのを感じた。けれどもここで、清蔵が初めて言葉を発した。

「それこそ、聞いていたという確かな証があるのか」

きつい言い方だった。それで猪作は息を呑んだ。答えられない。

「百両を奪った者の、仲間だとする話だ。証拠もなく、口にしていい話ではないぞ」

金左衛門が頷いた。

「でもねえ。怪しいという話だろ」

「ならば、はっきりさせればいいんじゃないかい」

お狛の言葉に、お徳が続けた。やんわりとだが、清蔵の言葉を押し返していた。老練だ。

「誰がですか」

「両方さ」

清蔵の言葉に、お狛が返した。当然といった口ぶりで、お徳が頷いている。女二人は、弐吉を盗人の仲間にしようとしていた。

これは貞太郎が、事前に話をしているからに違いない。

己の不始末を、弐吉のせいにすることで、曖昧にしようという腹だ。猪作も同じだ。

怒りが体中を駆け巡るが、相手はあまりにもふてぶてしい。はっきりさせるのが両方だという言い方に、悪意があった。言い掛りをつけて、その証明を相手にさせようとしている。

けれどもこれは、こちらが付け入る隙を与えているからかとも考えた。盗人たちの正体が見えていても、そこに迫れない。
自分の不甲斐なさもあると思った。

第四章　浄瑠璃坂

一

貼り紙値段を利用して一儲け企んだのは貞太郎だった。猪作はそれに乗った。

「篠田や八之助、阿久津に乗せられたのはおまえたちだ。矛先を向けるのはそちらへのはずだ」

と思うが、矛先を弐吉の方へ向けてきた。札差としてやってはいけないことに手を染めようとしたわけだが、そのことへの負い目や恥じらい、後悔はなかった。

「ふざけるな」

と思うが、相手は笠倉屋の跡取りだった。理不尽だと思っても、弐吉には笠倉屋の他に居場所はなかった。

奥の部屋へ呼ばれるまでは、空腹を感じていた。けれども今は、食事などどうでもいい気持ちだった。

ただ喉だけが渇いた。井戸端へ行って火照った顔を洗い、水を飲んだ。

「放っておけばいい」

という気持ちがある。しかし事件の解決がなければ、疑念は晴れないまま後を引く。百両は笠倉屋の屋台骨を揺るがすような額ではないが、商人としては、一文でも無駄な支出は許されない。そういう中での出来事だ。そして何より、悪事をなした者たちの仲間かもしれないという疑いは、なんとしても晴らさなくてはならなかった。

相手は若旦那で、圧倒的に不利だ。清蔵がいなければ、追い出されているところだろう。

「貞太郎は百両の行方よりも、自分を追い出してことを終わりにしようと考えている」

そんな気がした。そのためには、猪作は何でもするだろう。それで己のしくじりを、曖昧にしてしまうつもりだ。

「そうはさせるものか」

弐吉は、小さな声で言ってみた。父親を、侍の無体な狼藉によって失った。そのことで母は、一人で自分を育てるために命を縮めた。その恨みを晴らすことは、笠倉屋にいることでしか叶（かな）えられない。

「もう、やり直しはきかないんだ」

十八歳にもなった新米の手代を雇う札差はない。不祥事があったとされたならば、なおさらだ。

「こんな店、出ていってやりたい」

という拗（す）ねた気持ちが胸の奥にあるが、それはできない。

今は、石に齧（かじ）りついてでも笠倉屋にいるしかなかった。そのためには、自分を追い出そうとしている貞太郎でさえ守らなくてはならない。悔しいが、それが今、置かれている状況だった。

空腹は感じないが、食事はしておこうと思った。

台所へ行くと、猪作が食事をしている。手代の桑造と小僧の太助（たすけ）と竹吉が、すでに食事を終えていたが傍にいて話をしていた。笑い声が聞こえた。

弐吉が台所に入って行くと、猪作は一瞥（いちべつ）を寄（よ）こしたが声をかけてくることはなかった。太助と竹吉は、俯（うつむ）き加減になった。どうやら、自分にまつわる話をしていたのだと思った。

とはいっても、何かを言ってくるわけではなかった。

弐吉は彼らに目を向けたが、何事もないようにその横を通り過ぎた。自分の箱膳を取り出すと、お櫃から飯をよそった。今日はちゃんと残っていた。

お文は竈の傍にいて、味噌汁を温めてくれていた。台所の隅で、弐吉は一人で食事を始める。今日の一品は、竹輪の煮付けだった。

弐吉が食べ始めると、それまで食事をしていた猪作が、また喋り始めた。

「まったく、ふざけた話さ。若旦那にまで、言葉を返すんだからな」

「ど、どういうことですか」

小僧の太助が言った。声はだいぶ抑えている。弐吉よりも一つ歳下だが、貞太郎は手代に太助を推していた。猪作が推していたからだ。

ただ太助は、状況を見る。何といっても貞太郎と猪作は、今は立場が悪い。距離を置こうとしていた。とはいえ、声をかけられれば知らぬふりはできないだろう。調子を合わせていた。

桑造も同じような気持ちかもしれない。

竹吉はこの数日、小さくなっている。猪作に何か言われれば、従うしかないと考えているのかもしれなかった。

太助の問いかけに、猪作が答えた。猪作は、誰かに問いかけをさせたかったのだ。

「あいつは、悪いやつの手先になっているかもしれない」

「本当ですか」

「証拠はないからな、いい気になっている」

自分のことを言っているのだと、弐吉はすぐに分かる。言い返したいところだが、それをここでしても、何の意味もないと分かっていた。

猪作を責めれば、それは貞太郎を責めたことになる。奉公人としては、それはできない。

貞太郎と猪作は組んでいて、お狛とお徳がついている。ここにいる手代や小僧は、それを分かって話を合わせていた。

「こんな場所に、長くいたくはない」

そう思うから、弐吉は竹輪の煮付けを口に押しこんだ。飯に味噌汁をぶっかけて、一気にかっ込んだ。

食べ終えてから、竹輪の煮付けはお文が拵えてくれたのではないかと気がついた。せっかくの食事が、味気ないものになってしまった。それが惜しかった。

台所の土間に目をやると、お文が竈の火を落としていた。何も言わない。いつもの無表情だが、猪作らの話は耳に入っているはずだった。

話しかけたかったが、猪作らがいたのでできなかった。ただ後ろ姿でも見られたのは幸いだった。

「自分は一人ではない」

お文の白いうなじを見ながら、弐吉は呟いた。お文も、意に染まない縁談を薦められている。

一日店にいない弐吉には、お文に何が起こっているか知るすべがなかった。

小僧でも猪作とはあまり近くない最年少の小僧新助に、食事の後で問いかけた。

「今日、お文さんとおかみさんで、何か変わったことはなかったかね」

「さあ。何か、用事を頼まれてお出かけになったようですが」

それでは、何も分からない。

お狛は一度言い出すとなかなか引かない女だ。その後どうなっているか分からないが、自分もお文も、暮らしの分かれ目に立っているのだと弐吉は感じた。

二

翌朝、弐吉は台所で猪作と一緒になった。弐吉は関わらないつもりでいたが、向こうが傍へ寄ってきた。憎しみの目は、昨夜と同じだ。

傍に寄られただけで、暑苦しくなってくる。

「おまえは、店での仕事をしないで調べに出ることができる」

と告げてきた。だから何だと言い返したかったが黙っていた。猪作は続けた。

「おまえが裏切り者かどうか、番頭さんは互いに調べろと言ったが、おれは店から出られない」

「……………」

「ずいぶん、おまえには都合のいい話だ」

「言い出したのは、猪作さんの方で」

「怪しいからな、当然だ。だから潔白だというならば、おまえがそれを明らかにしなくてはならない」

貞太郎や猪作には、証拠などない。昨夜は思い付きを口にしただけだ。ただそれにお狛やお徳が乗ったのが厄介だった。

押し付けてきたのだ。卑怯なやり口だ。貞太郎はぶらぶらしているではないかと言い返したかったが、それは止めた。

やっていないことの証拠捜しなど、はなからするつもりはなかった。篠田や八之助らの企(たくら)みを明らかにすれば、ことははっきりする。返事はしなかった。

言いたいことだけ口にすると、猪作は己の箱膳を取り出した。弐吉は猪作には一切目を向けないで食べ終えた。

お文が、弐吉に昼飯用の握り飯をくれた。竹皮包みが、いつもより少し大きかった。微(かす)かに、玉子焼きのにおいがした。わざわざ付けてくれたのだ。それがお文の、自分への気持ちだと分かった。

「ありがとうございます」

声に出して礼を言った。

浅草御門の前で、冬太と会った。弐吉は、昨夜の貞太郎と猪作の仕打ちについて話した。黙ってはいられなかった。

「てめえの悪巧みや落ち度は棚に上げて、ふざけたやつらだな」

聞き終えた冬太は、憤りを言葉にした。弐吉はそれだけでも、胸のつかえが下りた気がした。

「若旦那(わかだんな)なりに、聞き込みをしたようです」

「都合のいいように、言わせたんじゃねえのか」

「そうだろうと思います」

大事なことなので、確認はしておかなくてはならない。そこで二人は、先日も訪ねた屋台の親仁が住まう米沢町の長屋へ行った。

商いのため夜が遅いので、戸を叩かれて目を覚ましたらしい。起き抜けの親仁に、冬太が問いかけた。

「腹を据えて話してもらうぜ」

銭を得て証言を変えたと見ているから、物言いはいつもよりも荒っぽかった。

「ええ。若旦那といった感じの身なりのいい人が来て、この間の夜のことを尋ねられました」

「杉尾と声をかけられた侍は、早々に一合を飲み終えると、すぐに屋台から離れたと話したそうだな」

冬太が言うと、親仁は困惑の顔になった。

「へえ。そんな気がしたもので」

「おれたちには、そう言わなかったぞ」

睨みつけた。

「いや、それは」

万一杉尾だったとするならば、屋台で飲む一合の酒は、めったにない贅沢だ。味わってゆっくり飲むのではないかと弐吉は考えている。

「銭を、たっぷり貰ったな」

冬太は腰の十手に手を触れさせながら、親仁に迫った。

「い、いえ。そ、そんなことは」

しどろもどろになった。

「正直に言わねえと、困るのは親仁だぜ」

「はあ。すみません。何度も言われたもんで、つい」

強く迫られたことを、あっさりと認めた。

「貞太郎らしいやり方だ」

冬太は嘲笑うように言った。ただ貞太郎はことを強引に進め、お狛とお徳は受け入れる。それが厄介だった。

「それにしても、ここで飲んだ阿久津、声をかけた篠田は、その後どうしたのだろうか」

冬太が言った。それだけで屋敷に戻ったとは考えにくい。

「八之助などとも、どこかで会ったでしょうね」

弐吉が応じた。冬太は猪作襲撃の場に出くわしたから、最後まで関わりたいと思っている。同心城野原に任されていることもあって、力が入っていた。

冬太も町の嫌われ者だった時期があり、城野原に拾われて今がある。十手を持つ身として、一件を解決したいと思っているのは確かだ。また貞太郎や猪作のやり口にも腹を立てていた。

「奪った百両を、どこかで分けたはずです」

杉尾には、新シ橋通りを逃げた先で、八之助が分け与えたと弐吉は考えている。事件後、手っ取り早い動きだ。

残りを、八之助と篠田、阿久津で分けたはずだった。

「どこかで、待ち合わせたわけだな」

「そうなります」

外神田あたりでは、その痕跡(こんせき)はなかった。佐久間町界隈(かいわい)は、すでに聞き込んでいた。もちろん、どこかの路地の暗がりということも考えられる。そこまでは、まだ調べ切れていなかった。

「では、どこでやったのか」

「まさか、二人の屋敷や飯岡屋ではないでしょうね」

「さすがにそれはないだろう。出入りする場面を見られたら面倒だ」

奉公人でも、口の軽い中間などはいるだろう。ではどこか。

「祝杯をあげたか」

「少しくらいは、飲んだかもしれません」

「これまでの調べで、やつらがどこかで酒を飲んだ話はなかったか」

「それならば、一度だけあります」

冬太の問いに、弐吉が答えた。

「どこだ」

「篠田様が、黒崎様の出世のために御留守居役溝口監物様配下の西山なにがしという用人と、飲んだという店です」

「そういえばあったな」

黒崎は、五百石高の御小納戸衆を目指していて、鼠志野の高価な茶碗を溝口に贈っていた。

「では、行ってみよう」

他に当てはなかった。麴町四丁目の小料理屋美園である。

三

弐吉は、冬太と美園の店の前に立った。まだ商いは始まっていない。先日話を聞いた娘と、おかみらしい中年の女が、店の掃除をしていた。

金魚売りの爺(じい)さんが、のんきな呼び声を上げている。

娘は、弐吉の顔を覚えていた。冬太はおかみに問いかけた。

「二十二日の夜だがな、黒崎家の用人篠田様と三十をやや過ぎた歳の主持(しゅうも)ちの侍、それに同じくらいの商家の番頭ふうが、店に来なかったか」

刻限は五つ（午後八時頃）過ぎくらいだと付け足した。浅草御門からだと、早くてもそれくらいになるだろう。

「そういえば、お見えになったような」

おかみは、すぐに答えた。溝口家の用人西山とは来ているが、それ以外の話だ。今となっては、日にちははっきりしないが三人が来たのは間違いないと言った。

「あれは、二十二日でした」

娘の方が、覚えていた。

小上がりに座って、何か話していた。酒と煮しめなどを取ったが、たくさん飲んだわけではなかった。

「四半刻ほどでお帰りになりました」

店は混んでいたので、飲みながら何をしていたかは覚えていなかった。篠田以外の二人は、一度ここへやって来たが、名などはおかみも娘も分からない。それ以降、三人が顔を合わせることはないそうな。

「黒崎家の御用人篠田様が、顔を見せることは多いのかね」

「多いというほどではないですけど」

篠田と西山が二人で来るのは、月に二、三度だと、前に娘から聞いた。猟官のためで、まずは溝口家の用人を手懐けようとしたのは間違いない。

美園を出たところで、弐吉は冬太と話をした。

「やはりここで、分け前を受け取ったようですね」

「それが目当てで、集まったんだろうからな。もう、使われちまったかもしれねえが」

冬太はあっさりと言った。むしろ奪った杉尾の方が、使っていないのではないかと思われた。

「杉尾は、阿久津とは会っていないのではないか」

それでもことは済ませられるぞと、冬太は付け足した。

ただおかみや娘とやり取りをして、弐吉は新たなことが気になっていた。

「これは、襲撃の一件にはかかわりないと思いますが」

「何だ、言ってみろ」

「黒崎家が出世を目指しているのは、分かったのですが」

「そのための企み（たくら）だろうさ」

「ええ」

しかし弐吉が気になったのは、そこではなかった。続けた。

「出世を目指して頼ったのは、溝口監物様でした」

「五千石の留守居役だからな。役に立つんじゃねえか」

「そうですが、頼るならば他にもありそうです」

人事に口出しできる大名や旗本は、他にもいるのではないか。

「それはそうだ。もっと力になりそうな偉いやつがいたかもしれねえ」

「どうして、溝口監物様なのでしょう」

「知るわけがねえだろう」

公儀の仕組みだ。知ったからといって、今の調べの役に立つとは思えない。冬太はどうもいいといった口ぶりだった。しかし気になる弐吉は、もう一度美園へ入って、おかみに問いかけた。冬太も面倒そうだったが、ついてきた。

「篠田様は、溝口家の御用人様と親しくしているようですが、何かわけがあるのでしょうか」

両家に、繋がりがあるのかと訊いた。知らないと言われれば、それで引き下がるつもりだった。

「それならば、聞いたことがありますよ」

「黒崎家と溝口家のことですね」

「ええ。詳しいことは知りませんけどね、遠縁だと聞きました」

やり取りを聞いていた冬太が、口を挟んだ。

「なるほど。縁が薄くなれば、付き合いがなくなる家はあるだろうが、下心があるならば別だろうな」

これで弐吉も得心がいった。多少でも縁がある方が、頼みやすいのは確かだ。

「いくら遠縁でも、鼠志野の茶碗一つでは動かないんじゃねえのか」

美園から出たところで、冬太が意地悪そうな顔になって言った。

「これまで、他にも何か贈っているでしょうね」

「これからもだな」

「おそらく」

「だとすると、同じようなことを企んでいるかもしれませんね」

金子は、いくらあっても足りない。貼り紙値段の話には、乗りたいところだろう。

「相手が笠倉屋ではなくてもな」

城内中の口の貼り紙は、切米のたびにある。さらに何か高価な品を贈ろうと考えていたら、企てるかもしれない。

「騙されたとなっても、そもそもが不正だから、訴えるわけにいかねえ」

「卑怯なやり口です」

「いや、旨みのある話じゃねえか。あいつらにしたら」

「話に乗る札差も、あるかもしれません」

こちらは、手口や企てた者の見当がつきながら何もできない。悔しさと歯痒さがあった。

とはいえここで引いてしまえば、自分は役目を果たせなかったことになる。襲撃した侍と繋がっているとの嫌疑を残したままでだ。

貞太郎と猪作の思う壺だ。今度こそ自分を追い出しにかかってくるだろう。

四

「しかし五千石の溝口監物というのは、たいしたやつだな。黒崎を手玉に取っている」

「まあ、家格が違いますから」

笠倉屋の札旦那でも、四百俵の黒崎家もあれば、御作事方定普請同心の十五俵、御畳蔵御門番人の十俵一人半扶持というところもあった。直参とはいっても、上から下までいろいろだ。

「溝口の屋敷は、この近くだな」

「そうです。尾張藩上屋敷の裏手になります」

「見てみようか」

冬太が言った。お城の西側の町へ来ることはめったにないから、弐吉にも異存はない。溝口屋敷を見るだけだが、もののついでだ。

「そうですね」

先日弐吉は、西山をつけて屋敷まで行ったが夜だった。町の景色は、見られなかった。ただこの界隈には、思い出があった。

「実は、市谷御門を出たあたりは、私が生まれておとっつぁんが亡くなるまで過ごした場所なんです」

冬太に話すのは初めてだ。長屋は市谷田町下二丁目で八歳まで過ごした。御堀に面した町だ。

曖昧な部分もあるが、記憶は残っている。石垣の向こうは武家地の森で、さらにその先から朝日が昇った。

父親の弐助が亡くなって、母おたけと二人だけの暮らしになった。知り合いが、通いの女中の仕事の口利きをしてくれた。

それで浅草福井町の長屋に越した。

「ついでに、そこも見ていこうじゃねえか」

懐かしいだろうと、冬太が付け足した。

「そりゃあもう」

「おとっつぁんの稼業は、何だったんだ」

「浅蜊の振り売りでした」

天秤棒の両端に浅蜊を山盛りにして、売り声を上げていた。濡れた浅蜊が、日差しを跳ね返していた。おとっつぁんの背中は、大きかった。

「長屋の住人の顔を覚えているか」

「さあ。会ってみれば、思い出すかも知れません」

何しろ母と長屋を出てから、一度も訪ねていない。訪ねてみたい気持ちはあったが、そんな暇はなかった。

子どもの頃の話をしながら麹町の武家地を経て、市谷御門から外へ出た。御堀に沿って牛込御門方面へ歩くと、田町下二丁目界隈となる。

「どうだ。覚えているか」

「そうですね」

堀に沿って並ぶ家や船着場など、はっきりした記憶はないが、見たことのある景色だとは思った。対岸の石垣の形にも覚えがある。

町家の東側は坂で、浄瑠璃坂の左右に武家地が広がっている。父の弐助は御堀端の町とその武家地、さらに先にある払方町や御納戸町あたりを振り売りしながら歩いていた。

雨でも商える品だったから、貧しくても食べるに困ることはなかった。

父親には可愛がられた。肩車をされて、湯屋へ行った。

「確かこちらだと」

うろ覚えながら、路地を入ってゆく。井戸端に数人の老若の女房たちがいた。干して間のない洗濯物から、雫が落ちている。

長屋は昔のままで、雪隠やごみ捨て場も変わっていない。ただ井戸端にいる女房たちは、記憶にない者ばかりだった。尋ねると、住んでいた部屋には、今は日雇いの大工が住んでいるとか。

それでもどこか、落ち着く場所だった。弐助やおたけの名を出しても、反応はない。

「へえー。あんた十年前まで、ここに住んでいたのかい」

どうでもいいと言った顔で、井戸端にいた中年の女房が言った。しかしその声を聞いて、初老の女が、傍に寄ってきた。

「あんた、もしかしておたけさんの倅かい」

まじまじと見詰められた。牛蒡のように細くて浅黒い膚だが、気の強そうな顔つきをしていた。

「はい」

相手は十年以上ここに住んでいる者らしい。

「おたけさんに、よく似ているじゃないか」

懐かし気に言ってくれた。弐吉は婆さんの顔を思い出さなかったが、それでも嬉（うれ）しかった。

もう一人、別の中年の女房も弐助とおたけ夫婦を覚えていた。

「前髪も取れて、立派になって」

頭のてっぺんから足の爪先（つまさき）まで見られた。

「ええ」

「ちゃんと奉公をしているんだねえ」

嬉しい言葉だった。

「あんたのおとっつぁんは、酷（ひど）い目に遭った」

思い出した様子で、婆さんの方が話題にした。

弐助が亡くなった折の様子については、長屋にいたときに、大人たちの会話で耳にした。侍の狼藉（ろうぜき）を許せないが、その場面の詳細は知らない。

戸板で運ばれて来たおとっつぁんの、血と泥にまみれた顔と髪、ぼろ雑巾（ぞうきん）のようになった着物。元の姿が分からないほどに痛めつけられた様が、脳裏に焼き付いている。体が震え、声も出なかった。

ただおっかさんの叫び声だけが、まだ耳の奥に残っていた。

初めは医者へ運んだが、金がかかるので翌日には長屋へ移した。悔しいが、貯えがなかった。

おっかさんは必死に看護をしたが、四日目に亡くなった。

定町廻り同心や土地の岡っ引きは、その主従の侍を捜したらしいが、名も分からない。浄瑠璃坂周辺に住まう侍ではなさそうだった。とはいえ、本気で調べてはいなかった模様だ。

顔を出したのは最初だけで、そのまま曖昧になった。

残された母子は、食わなくてはならない。泣き寝入りの状態で、浅草へ越した。

「狼藉の場面を見ていた人は、いるのでしょうか」

訊いてみた。分かることがあるならば、どんなことでも聞いておきたかった。

いつかはその侍を捜し出し、復讐をしてやりたいと考えている。今までは、捜したくても何もできなかった。

長屋の二人は、その場を見てはいなかったようだ。

「そりゃあいるんじゃないかい。大騒ぎになったからね」

戸板で医者まで運んでくれたのは、狼藉の場の近くにいた者たちだ。場所は、浄瑠璃坂を下りて、町家へ入る手前だったとか。

「誰ならば、知っていそうですか」

十年前の話だから、人は入れ替わっているかもしれない。

「酷いことがあった近くに、印判屋がある。そこの旦那なら覚えていると思うよ」

狼藉の場近くにいて、戸板を運ぶ町の若い衆を集めてくれた人物だとか。店は昔のままだそうな。

「寄り道になりますが」

「かまわねえ。話を聞こうじゃねえか」

冬太は言ってくれた。

五

浄瑠璃坂は、武家屋敷に挟まれていた。登ってゆく左手は紀伊新宮藩上屋敷の裏手で、右側は旗本屋敷になっている。白壁と長屋門が続いていた。蟬の音は、ここでも消えない。

なかなかの急な坂道だ。見覚えがあった。

荷車の場合は、引き手も押し手も気をつけなくてはいけない。雪の日は、裏長屋の悪童たちと坂を転がって遊んだ。先日もこの坂を上ったが、闇に包まれ周囲の風景は見られなかった。

印判屋も、そういえばあった。何人かで棒を持って走り廻っていて、親仁から「うるさい」と怒鳴られたことを思い出した。

間口の狭い店だが、建物に覚えがあった。ただもっと大きな店舗だったと思うが、意外に小さな店なので驚いた。

印判屋の敷居を跨いだ。三十歳前後の主人がいた。

あの頃の主人はすでに隠居をしていたが、在宅しているというので会わせてもらった。

「十年前に、この店の前で浅蜊の振り売りが、お侍に狼藉を受けて、命を失うことがありました。覚えておいでてでしょうか」

六十をやや過ぎた歳頃で、金壺眼の小柄な爺さんだ。一瞬何を言い出すのかという目を向けたが、すぐに思い出した。

「そういえばあった」

「痛めつけられた浅蜊売りは、四日後に亡くなりました」

「うむ。そう聞いたな」

「私は、その浅蜊売りの倅です」

「ほう」

わずかに窺うような目をしたが、それまでと、向けてくる目や態度が違った。

「そういえば、幼い男の子がいたな」

思い出したらしい。医者に運んでくれて、長屋へも知らせてくれた。ただ弐吉には記憶がない。父親の無残な姿と、取り乱す母親の姿が脳裏に残っているだけだ。

「それが私です」

「なるほど」

隠居は、こちらの頭のてっぺんから足の爪先まで、舐めるようにして見た。

「おっかさんは」

「あの後、二年ほどで亡くなりました」

「裏へ来なさい」

そう言った。店先では、話せないと思ったのだろう。狭い庭があって、その縁側に腰を下ろすように言われた。木漏れ日が、地べたの上でちらちらと躍っている。

冬太と二人分の茶を出してくれた。

「あのときのことは、初めから見ていたよ」

と言った。たまたま軒下に立って、坂道に目をやっていたのだとか。

「それを聞きたくて、来ました」

「そうか。しかし聞いてどうなさる」

復讐をしてやると心に決めているが、言いにくかった。どう答えようかと迷っていると、向こうが言ってくれた。

「まあ、聞きたかろう。あんたも大人になったわけだからな」

隠居はそう言って腕組みをし、昔を振り返る顔になった。

「あのときは、本当に魂消(たまげ)た。あんなことになろうとは」

弐吉は固唾(かたず)を呑(の)んで、次の言葉を待った。

今日、十年前の話を聞くことになるとは考えもしなかったが、機会は逃さない。

老人に会えたことも幸いだった。

「坂の上から、何かを積んだ荷車が下りてきた。ずいぶんと勢いがついていて、危ないと思った」

通りには、武家も町人も歩いていた。勢いがつくと、止めるのがたいへんだ。

「そこへ婆さんが現れた。一人で、ゆっくりな歩き方だった」

記憶が徐々に戻って来るらしい。そのまま続けた。

「耳が遠かったんだろう、荷車の音に気づいていなかった。歩みも遅かった」

「荷車は、止まれなかったのですね」

「そうだ。私も、心の臓が止まりそうになった。誰もが、婆さんは助からないだろうと考えたはずだよ」

ここで隠居は、茶を啜った。そして付け足すように言った。

「近くに、天秤棒を担った浅蜊売りがいた」

「…………」

「それが避けろと叫んだんだが、婆さんは意味が分からない。浅蜊売りが飛び出して、婆さんを抱きかかえるように地べたを転がった」

「婆さんは、助かったのですね」

「驚いて悲鳴を上げたが、掠り傷程度で済んだ」

「ならば、よかったわけで」

「そうだがな、厄介はそれからだった」

担っていた天秤棒には、浅蜊が半分ほど残っていた。その浅蜊が、近くにいた供侍を連れた身なりのいい侍にかかった。袴が浅蜊で汚れた。

「あれは仕方がなかった。浅蜊を担ったままでは、婆さんを助けられなかったからな」

それでも相手は、身分のありそうな供を連れた侍だった。

「浅蜊売りは、そこで地べたに両手をついて謝ったっけ。それで済むと思ったんだが」

誰にでもできることではない。下手をすれば、浅蜊売りも大怪我をしていた。侍は褒めてやってもいいくらいだったが、そうではなかった。

「無礼者」

怒鳴りつけたとか。

「浅蜊売りは、申しわけございませんと額を地べたにこすりつけたんだが」

「殴る蹴るの狼藉で、あそこまでやったわけですね」

涙が出そうになるのを、堪えながら弐吉は言った。

「そういうことだ。侍の剣幕は、ものすごかった。周りには人がいたが、誰も止められなかった」

あんたには済まないが、と隠居は頭を下げた。

隠居を責めることはできないと思った。弐助がぐったりしたところで、その侍は我に返ったらしい。供侍と共に、その場からそそくさと立ち去った。

二人の姿が見えなくなった頃、土地の岡っ引きが姿を見せた。隠居は止められなかったと頭を下げたが、戸板を用意し、若い衆を手配して医者まで弐助を運んでくれた。

「ありがたいことです」

今度は、弐吉が頭を下げた。

「それでお伺いしますが、その侍主従というのは」

「千石とかの御大身ではないが、旗本の主従だったとは思うよ」

「顔を覚えておいでですか」

「さあ、それは」

首を捻(ひね)ったが、思い出せなかった。

「主従が立ち去ったのは、どちらの方向でしょうか」

「うーん、それは」

答えられなかった。

「その場面を見ていた人は、他にはいませんでしたか」

「二軒先の古着屋のおかみさんが見ていたはずだが」

弐吉は隠居に礼を言って立ち上がった。

「おとっつぁんの分まで、商いに励みなさい」

隠居は励ましてくれた。

「袴に浅蜊がかかったくらいで、酷えことをしやがるな。そんなことで、人一人が、死んだわけだからな」

通りに出ると、憤りを抑えながら冬太が口にした。もちろん弐吉の怒りは、それ以上だ。体が震えるほどだった。

六

さらに弐吉は、冬太と共に古着屋の女房を訪ねた。三十代後半の歳で、肥えて赤ら顔をしている。

「覚えていますよ。あのときのことは忘れない」

女房はそう言った。古着屋に嫁に来て、五、六年くらいした頃のことだったとか。

ぶら下げた品に、はたきをかけていた。弐吉はここでも、自分が浅蜊売りの倅であることを伝えた。

「そうかい。あんたがねえ」

ここでも驚きの顔をした。改めて十年前の出来事について尋ねた。聞いた内容は、印判屋の隠居とほぼ同じだった。侍二人のことは、印判屋の隠居よりも覚えていた。

「あのお侍は、浄瑠璃坂を下りてきたところだったと思うけど」

振り向いて、勢いづいた荷車を避けた。

「浅蜊売りよりも、近いところにいたけど、あのお婆さんには何もしなかった」

天秤棒につるされた浅蜊は、まだだいぶあった。地べたに丁寧に置いている暇はなかった。

「何か叫びながら、放り捨てるように、天秤棒を投げたっけ。それじゃなければ、間に合わない」

「浅蜊も飛んだわけですね」

「そりゃあ、しかたがないよ」

古着屋の女房は顔を顰めた。

「一人が狼藉を働いているとき、もう一人はどうしていましたか。止めませんでしたか」

せめて止めに入ってくれていればという気持ちがあった。

「いや、それはなかった。浅蜊売りがぐったりして死んだようになったとき、ようやく我に返ったみたい。それで慌てて逃げ出したんだ」

「慌てて逃げたのですか」

「そう見えたね。怒りに任せて酷いことをしていたけど、相手はぐったりしていてさ」

握り締めた、両の拳が震えた。札旦那の中には、小僧が少しでも鞘に触れると「武士の魂」などと始める者がいる。何が「武士の魂」だ、腸が煮えくり返る。

しかしここで怒っていても仕方がない。訊けることは訊いておかなくてはいけない。

「侍主従が逃げた方向は、どちらでしょう」

「御堀の方だったと思うけど」

やや間をおいてから答えた。十年も前のことならば、思い起こすのにも手間がかかるだろう。

「二人の顔を覚えていますか」

これは肝心なことだ。

「十年も前だからねえ」

女房はため息を吐いた。そしてしばらく考え込んだが、ついには首を横に振った。

「鬼みたいな顔だったとしか、言いようがないよ」

確かに、鬼のような顔に見えたにちがいない。

「歳はどのくらいで」

「三十くらいか。供の侍の方が、いくつか若かったような気がするけど」

それも自信があるわけではないと付け足した。これでは、捜し出す手立てにはならない。がっかりしたが、女房の話はそれで終わりではなかった。

「それから二月か三月してからなんだけど、その鬼の顔をまた見たんだよ」

「ええっ」

「びっくりしたけど、怖いと思ったから間違いない」

歩いていてすれ違った。これも、十年ほど前のことになる。主従の二人連れだった。

「どこでですか」

「浄瑠璃坂を上ったずっと先。尾張様の御屋敷の裏手あたりだね」

　大名屋敷ではないが、それかと思うほど立派な長屋門の屋敷から、二人が出てきた。そのまますれ違った。

「その御屋敷が、住まいなのでしょうか」

　どきりとした。そうならば、父の仇（かたき）が何者か分かる手立てになる。

「いや、違うね。屋敷のお侍に頭を下げていたから、あれは訪ねた帰りに間違いない」

　詳しく場所を訊くと、溝口監物の屋敷あたりだと思われた。

「門の向こうに、大きな椎（しい）の木のある御屋敷だよ」

　それだけは覚えていた。椎の巨木は、今もあるそうな。

「親しい様子でしたか」

「さあ。そこまではねえ」

　怖いので、さっさと行き過ぎた。一瞬見て、そう思っただけだ。違うかもしれないと付け足した。

「他で見かけましたか」

「いや、見かけたのはその一度だけだね」

聞いているだけで、全身が熱くなった。心の臓が、音を立てている。

弐吉は礼を言って、古着屋を出た。冬太と話しながら浄瑠璃坂を上り、溝口屋敷へ向かった。

「おかみさんが言っていた屋敷が溝口様のものだとすると、主従というのは、もしや黒崎と篠田ではないでしょうか」

弐吉は胸にあることを、言葉にした。さすがに、二人について様はつけられなかった。

「そうだな。おれもそう思ったぜ」

「そのころ、役付の話があったかどうかは分かりませんが」

溝口家と黒崎家は遠縁だというから、十年前も付き合いはあったはずだった。おぼろげな記憶とはいえ、主従の歳は重なる。

「ここですよ」

前は夜だったが、場所は間違いない。弐吉と冬太は、溝口屋敷の前に立った。敷地は七百坪ほどあって、門番所付きの重厚な長屋門だ。

その向こうに椎の巨木が聳(そび)えていた。

ここへ来るのは、黒崎家と溝口家の関わりの深さを探るためだったが、そちらは簡単にはいかない。しかし別の、弐吉にとっての重大事が浮かび上がってきた。ここまで来た意味はあった。

とはいえこれで、父弐助に狼藉（ろうぜき）を加えた侍が黒崎であるとはっきりしたわけではなかった。

「こんな大きな屋敷だからな、出入りをしている中小の旗本は多いだろうよ」

冬太が言った。

「あるいは」

というだけの話だ。

この後、麴町の黒崎屋敷にも足を向けた。外で待って、顔見知りの古くからいる中間（ちゅうげん）に問いかけた。

「黒崎様は十年ほど前も、溝口様と付き合いがありましたか」

遠縁とはいっても、親しいとは限らない。

「うちの殿様は、十年くらい前まで監物様のご舎弟と親しくされていたが、そのご舎弟が亡くなって、しばらく行き来はなかった。この二、三年でまた行き来が頻繁になったような気がするが」

猟官活動を始めたから、近づいたのだと察せられる。疑いは消えない。

第五章　新シ橋袂

一

「おめえの父親に死ぬほどの狼藉を働いたのは、黒崎かもしれないというのは大きい。だが、今回の件とは関わりがない」

冬太は落ち着いていた。

「そうですね」

この言葉で、弐吉は胸の中にあった動揺がだいぶ鎮まった。おとっつぁんのことは、別のときに考えればいい。

今となっては、一刻を争うものではなかった。差し迫って解決しなくてはならない問題が今は別にあった。

浄瑠璃坂を下りながら、さらに話をした。

「襲撃に関わった篠田と阿久津、八之助、それに手を下した杉尾たちの状況は分かった」

「でも、今のところはどこにも手を出せません」

「そうだがな、どこか崩せないか」

このままでは、埒が明かないと冬太は言っていた。新たな手立てを探さなくてはならない。ただここで、腹の虫が鳴いた。日は中天に昇っている。

堀端の木陰で、昼飯にすることにした。それぞれ握り飯を腰に結びつけていた。水筒の水はぬるいが、気にしない。

竹皮の包みを開いた。

「おおっ」

弐吉の握り飯を目にした冬太が、声を上げた。形のいい握り飯が、三つ並んでいる。玉子焼きまで、二切れ添えられていた。

冬太の方は、不揃いな大きさのものが三つだ。添えられているのは、沢庵二切れだった。

「ずいぶんではないか」

「はあ」

困ったような口ぶりをしたが、嬉しかった。お文の心遣いを感じるからだ。

「それは、お文さんが拵えたのだな」

生唾を呑み込んだ。

「まあ」

冬太は裏長屋での一人暮らしだ。自分で飯を炊き、握ってきたのだろう。何だか、このまま食べるのが申し訳ない気持ちになった。

「玉子焼き、一切れ食べますか」

つい、言ってしまった。言ってしまってから後悔したが、どうにもならなかった。

「そうか。ありがたい」

冬太が遠慮をするはずはなかった。奪い取るように一つを指でつまんだ。

「うまい」

すぐに口に含んで言った。残っているもう一切れにも目を向けたので、弐吉は慌てて手に取った。口に運ぶ。

格別の味だった。

「おまえの昼飯は、お文さんが握ったわけだな」

いかにも羨ましそうな顔だ。

「そうです」

まんざらでもない気持ちになったが、誰かに羨ましがられたのは初めてだった。羨ましくはないと、自分に言い聞かせたことは何度もあった。

貞太郎や猪作そしてお狛やお徳、金を借りるためには暴言も辞さない札旦那(ふだだんな)たちと、笠倉屋にはずいぶん理不尽なことを口にする者がいる。ふざけるなと思うことはたびたびあるが、羨ましがられることもあるのだと知った。

今日はおとっつぁんの、狼藉を受けた折の話を聞いた。無念と悲しみ、怒りがあったが、それだけではなかった。

冬太がさらに何か言おうとしたが、言葉を呑み込んだ。そして形の悪い握り飯にかぶりつきながら、話題をもとに戻した。篠田と阿久津、八之助と杉尾の誰かを、落とせないかというものだった。

「そうですね」

ここで弐吉の頭に浮かんだのは、杉尾の顔だった。杉尾が犯行をなしたのは、娘の薬代の支払いのためだった。本所相生町の薬種商い淡路屋へ、今月中に六両を払わなくてはならない。

襲撃によって分け前を得たはずだが、すぐには支払いをしていなかった。

「杉尾様が、すぐに淡路屋へ金を返さなかったのは、奪った金子(きんす)を使うことに躊躇(ためら)

いがあったからではないでしょうか」

思っていることを口にしてみた。

「ほとぼりが冷めるのを、待っただけじゃあねえのか」

すぐに使えば怪しまれる。冬太の言うことももっともだが、やはり気になった。

「杉尾様は、雲弘流免許皆伝の腕前です。猪作さんを斬り捨てることもできました」

「それはそうだ」

「しかし峰打ちで済ませました」

十年前、武助を痛めつけた侍は己の怒りのために、後先のことは考えずに狼藉(ろうぜき)を働き、武助を死に至らしめた。一方、追い詰められていた杉尾は、金は奪っても、峰打ちで猪作の命を奪うことまではしなかった。

この違いは大きい。

「なるほど。そうだな」

「返済の月末まで、今日を入れてあと三日です。迷っているのではないでしょうか」

「今日あたり、返しているかもしれない」

返さなければ、追いつめられるのは杉尾だ。

「迷ったところで、手元にある金を使うしかないんじゃあないか」

迷っているならば、奪った金を使わせたくないと弐吉は考える。

「ならばどうすればいいか」

と考える。笠倉屋は貸さない。ともあれ、本所相生町の薬種商い淡路屋へ行って確かめることにした。

市谷から本所は遠いが、躊躇ってはいられなかった。

淡路屋に着いて、弐吉は番頭に確かめた。

「まだ、お支払いいただいていません」

との返事だった。

竪川河岸にある倉庫の軒下で、弐吉は冬太と話をした。

「杉尾様を落としましょう」

他に落とせる相手はいないと付け足した。

「それはそうだが、どうやって落とすのか」

そこが問題だ。

「笠倉屋は百両が戻ってくれば、それ以上のことは望みません」

「それはそうだ。町奉行所にも、目付にも訴えられないからな」

「はい。札差（ふださし）が貼り紙値段を利用して、一儲（ひともう）けしようとする話です。信用を失います」

金左衛門と清蔵が、何よりも守ろうとするものだ。

「篠田や阿久津、八之助にしても、公にはできない話だ。杉尾にしてもな」

この度の強奪は、奪った方だけでなく、奪われた方も表に出せない話だ。だからこそ、そこに付け入る隙があると弐吉は考えた。

このとき、ある考えが閃いた。とはいえ、こちらだけでは何もできない。

「そこでです。篠田様や阿久津様、八之助からではなく、黒崎家と下曽根家、それに飯岡屋から、百両を返していただきます」

三者とも金子は必要だが、それについては、こちらの知ったことではない。

「そんなことが、できるのか」

冬太が仰天の目を向けてよこした。

「杉尾様のお力添えが必要です」

ここは欠かせないところだ。腹を括ってもらわなくてはならない。

「杉尾にも、金を返させるんだろ」

「もちろんです」

「それならば杉尾が、力を貸すとは思えない。杉尾にしても、笠倉屋が訴えられないことは分かっているんだぞ」

　金も欲しいはずだと言い足した。

「淡路屋への支払い六両は、黒崎家ら三者から出させます」

「馬鹿な、出すわけがない」

「ですから何としても、杉尾様にはこちらのお仲間になっていただかなくてはなりません」

　弐吉に案がないわけではないが、どのようになるかは杉尾の反応次第だ。同心城野原の手も借りられるのならば借りる。

　何であれ、当たってみるしかなかった。

二

　弐吉は冬太と共に、大横川に近い北割下水の南側にある杉尾の屋敷へ行った。訪(おと)ないを入れると、八歳くらいの跡取りが出てきた。

「父上は、外出中です」

　きりりとした口調だ。行き先は知らないと告げた。

割下水の土手で日陰を探し、帰りを待つことにした。なかなか戻ってこない。じっとしていると、蚊に刺された。

夕暮れどきになって、ようやく杉尾は戻って来た。薄暗くなると、土手では虫の音が聞こえ始めている。

「お待ちしておりました」

弐吉が声をかけると、立ち止まった杉尾はどきりとした顔になった。

「何か用か」

いつもよりも険しい表情だ。

「淡路屋へは、まだ支払いをしていなかったのですね」

杉尾の問いかけには答えずに、弐吉は言った。

「確かめたのか」

「ここへ来る前に」

「払う金子がないからな」

慎重な口ぶりになった。こちらの様子を窺っているのは間違いない。

「いや、あるのではないですか」

言葉に力が入った。

杉尾は身構えたが、弐吉は向き合って相手の顔を見詰めた。憎んではいなかった。ただどちらも、よしとできる道を探りたいと考えていた。

「笠倉屋の猪作が襲われ、大金が奪われました」

「…………」

「訴えられない出来事でしたが、商人が百両奪われて、そのままにはできません。金は商人の命ですから」

「それがどうした」

「奪われるに至った事情を調べました」

「ご苦労なことだ」

嘲笑うような言い方だが、虚勢を張っているようにも感じた。

「その中で、杉尾様が浮かびました」

「ふん。おれは屋台の酒を飲んでいて、襲うことはできなかった」

「悪巧みを仕組んだ篠田様と阿久津様がついていましたからね。そういう段取りを拵えることができました」

「何だと」

「段取りだと」

「そうです。襲撃のあった二十二日の夕刻、笠倉屋の店に現れた札旦那は、六人おいででした」

「わしもその中の一人だろうが、そんなことは何の証にもならぬぞ」

「確かに、六人とも、犯行の刻限には他の場所にいたと明らかになりました」

「それみろ」

「ですが杉尾様の居場所を証言したのは、この企みをした篠田様でした。この話はうちの若旦那より、他に下曽根家の阿久津様と飯岡屋の八之助という者が絡んでいると聞きました」

「ううむ」

「そこで、それぞれの人や御家、店を調べました。どなたもお足は欲しいようで」

ここまで言うと、杉尾はあらましを察したらしかった。

「それでどうしようというのだ」

「杉尾様に、お力添えをいただきます」

「力添えだと。嵌めようという腹か」

杉尾も、事情が分かって事に加わっていたのだ。刀を抜いて人を襲う以上、事情を知らずに動くわけがない。

弐吉は、話を進める。

「金を奪われた笠倉屋は、御目付でも町奉行所でも、訴えることはできます。そうなれば、杉尾様も当然お調べを受けます。淡路屋への支払いどころではなくなります」

「笠倉屋も、ただでは済むまい」

脅しの声になっている。

「はい。お互いに、面白くない話でございます」

杉尾は、息苦しそうに目を向けた。身構えている。

「ならば今さら何を言う」

我が身を滅ぼそうとする、邪魔者と見えたのだろう。腰の刀に左手を添えた。今にも鯉口を切りそうだ。

弐吉は息を呑んだ。こちらは冬太と二人だが、刀を抜いた杉尾にはかなわない。

じりと杉尾は前に出た。こちらの二人を斬ってしまえば、あの一件を口にする者はいなくなると考えたのかもしれなかった。

弐吉と冬太は後ずさった。西日の当たった杉尾の顔は、すでに尋常のものではなくなっている。

「抜かせたら終わりだ」

弐吉は覚悟を決めた。だがここで、走り寄って来る者がいた。

「父上」

声をかけたのは、先ほど対応をした杉尾家の跡取りだった。顔に緊張と怯えがある。どこまで話を聞き理解したかは分からないが、父親のただならぬ気配は感じ取ったのだろう。

「おおっ」

声を漏らした杉尾は、我に返ったらしかった。刀から手を離した。

「案ずるな、その方は屋敷に戻れ」

常の声に戻っていた。

跡取りの倅は何か言いたそうにしながらも、杉尾が大きく頷いたのを見て、屋敷に戻って行った。

ここで弐吉は口を開いた。

「こちらがやり合おうと、金子を手にして、何とも思わない者がいます」

伝えたいのはそこだった。そのまま続けた。

「このままにして、よろしいのでしょうか。もとをただせば、あやつらが持って来た話です」

「どうしろと言うのか」

　犯行をなしたと認めてはいないが、同様の反応をしていた。

「黒崎家と下曽根家、飯岡屋からは、百両を返していただきます。もちろん、杉尾様からもです」

　杉尾は体を硬くした。

「ただ黒崎家と下曽根家、飯岡屋からは、別に杉尾様へ悪事に引き込んだ詫びとして、六両を払っていただきます」

　薬種屋へ返さなくてはならない金高だ。

「そのようなことが、できるのか」

　鋭い眼差しだった。声がいく分掠れている。けれどもこちらを、敵とは見ていないと感じた。杉尾には、黒崎らへの義理はないはずだ。

　己の家や妻子を守りたいだけだ。

「黒崎家と下曽根家、飯岡屋を脅していただきます」

　弐吉は、腹に力を入れて口にした。一介の札差の手代が、旗本と表通りに店を出す商家を相手にしている。しかも用を足すのは直参だった。

「三者に、笠倉屋へ百両を返せという文を書いていただきます」

杉尾への詫びの六両についても触れる。百六両を出さなければ、目付と町奉行所に「おそれながら」と出向く形にする。

「そのようなことが、できるわけがない」

「していただきます」

それだけの覚悟がなければ、できない話だった。

「それでやつらが、金を出すか」

杉尾は、腹を立てたように言った。

「出すと、話を受けるでしょう」

これには自信があった。杉尾のことはどうでもいいが、己の家や店は守りたいと考えるからだ。

「文を出した拙者が、それを受け取るわけか」

「やつらは、金を出さないでしょう」

それは初めから見えている。話に乗ったふりをするだけだ。

「では、どうする」

「何をしろというのか」

「金を受け取りに来た杉尾様のお命を、奪おうとするでしょう」

はっきりと伝えた。それが向こうにとっては、手っ取り早い始末になる。向こうでは篠田と阿久津が剣を遣う。

雲弘流の遣い手でも、二人が相手では立ち行かない。

「そうだな」

杉尾は頷いた。

「それがしに、死ねということか」

と続けた。言葉に自嘲（じちょう）の響きがあった。

「その場には、杉尾様だけが行くわけではありません」

「誰が来るというのか」

「私ら二人と、定町廻り（じょうまちまわ）同心の城野原市之助様が参ります」

城野原にはまだ断っていないが、話せば力を貸すと思った。

「町奉行所の同心が、力を貸すのか」

「同心としてではありません。助っ人（すけと）としてでございます」

驚いた様子だが、傍にいる冬太の腰に十手が差さっているのに目をやった。

「篠田と阿久津を斬っても、金は出ぬぞ」

杉尾も状況を見ている。

「捕らえていただきます」

「それでどうする」

「百六両と引き換えにいたします」

「黒崎家や下曽根家、飯岡屋は受けるか」

処罰は、向こうでするだろう。こちらが欲しいのは百六両だ。

杉尾は、十両を受け取ったと白状した。他の取り分は、三十両ずつだろうと告げた。

「やりたくはなかったがな、追いつめられていたのは確かだ。猪作は、初めから殺すつもりはなかった」

聞くと段取りはできていたので、十両でも仕方がないと思ったと漏らした。

「では、やつらに持ってこさせるのは、一軒につき三十二両となります」

「向こうが引き換えを拒んだら」

「そのときには、町奉行所と目付に届けます。笠倉屋と杉尾様が証人となります」

「どちらも、ただでは済まぬぞ」

「こちらにそこまでやる覚悟がなくては、黒崎家と下曽根家、飯岡屋は動きません」

「やつらは三十両程度で、公儀の調べを受けることになります。避けたいでしょう」

冬太も声を出した。

「ううむ。そうだな」

杉尾の腹は、決まりかけているようだった。

「だからこそ杉尾様には、ここでもうひと働きしていただかなくてはなりません」

「もうひと働きか」

「久右衛門町河岸でなされたことがないものとなり、六両も手に入ります。このままでは、相済みますまい」

猪作を殺すことはできたが、峰打ちで済ませた。そこに杉尾の気持ちが潜んでいる。だからこそ、得た金子をぎりぎりまで使うことができないでいた。

「…………」

杉尾は言い返さなかった。もちろん弐吉には、黒崎家に対して別の疑念があるが、今はそれには関わらない。

篠田と阿久津、そして八之助にあてて、杉尾は三通の文を書いた。明日の暮れ六つ、新シ橋袂（たもと）へ奪った金子を八之助が持参するようにと記したのである。

その間に、冬太は南町奉行所へ走って、城野原に事情を伝えた。できあがった文は、弐吉が三か所へ届けた。文を渡しただけで、返事は聞かなかった。杉尾の返済期日が迫っている。

それまでに片をつけたかった。

三

弐吉が笠倉屋に戻ったのは、夜五つ過ぎになった。さすがに昼間の暑さはなくなっていた。風が吹くと、ほっとする。

冬太が店の前にいて、明晩、城野原が力を貸してくれることを伝えてよこした。

「ありがたい」

篠田と阿久津は、剣を遣う。杉尾の他に城野原がいることで、太刀打ちができる。もちろん弐吉と冬太も、命懸けで戦う覚悟だ。

「支度はできたな」

冬太は言った。

「貞太郎と猪作は、外へ出ていった。雪洞へでも行ったんじゃねえか」

いい気なもんだぜと続けた。腹立たし気な顔だ。弐吉は、婿に来ないかと口にしたときの、お浦の言葉を思い出した。冗談なのは分かっているが、何故か耳に残っていた。

そして清蔵はまだ店にいた。

いつもならば家に帰っているはずだったが、帳場で貸し付けの綴りに目を通していた。弐吉の帰りを、待ってくれていた様子だった。

弐吉は誰もいない店の帳場の奥で、黒崎と弐助の件を除いて、すべてを伝えた。

「杉尾様を落としたのは上出来だ」

清蔵はねぎらってくれた。嬉しかったが、ここで喜んではいられない。勝負はこれからだ。

台所へ行くと、お文が出てきて、残してあった味噌汁を温め直してくれた。昼間の玉子焼きの礼を言った。一切れ冬太にあげたことは言わなかった。美味しかったことだけを伝えた。

それから、これまでのことをお文に伝えた。

「ようやく、ここまで来ましたね」

笑顔はないが、励ましてもらったと弐吉は思った。先日、お狛と嫁入りの話をしていたが、その後のことは分からない。気になっていたが、問いかけることはできなかった。

「今日、大おかみさんとおかみさんは、木挽町(こびきちょう)に芝居を見に行ってきました」

二人が芝居好きなのは近所の者も知っている。毎月のように出かけてゆく。贔屓(ひいき)の役者がいるらしい。出かけるときは、朝からそわそわしていた。前日は、着物選びでたいへんだ。

小僧のときに、芝居茶屋まで供をしたことがある。

「お疲れになったのでしょう、今日は早めにお休みになりました」

奥向きが、しんとしていると思った。

手許金(てもときん)から、百両が奪われた。どうでもいい額だとは思えないが、沈んではいない。今日は散財をしに出て行った。貞太郎の吉原行きと比べてどちらの出費が多いか分からないが、内証にどれほどの金子(きんす)があるのだろうと考えた。

とはいえ自分は、一文を惜しむ商人になる。札旦那(ふだだんな)への少額の貸金の利息が集まって、今の笠倉屋の身代がある。それは忘れない。

「いない方がいいですね」

つい弐吉が本音を漏らすと、お文は口元に微(かす)かな笑みを浮かべた。

翌日、弐吉は朝から、札差(ふださし)の手代として店に出た。客との対談には、気合いが入った。無茶を言う客にも、丁寧につき合った。借りるにいたった事情を聞き、借りる額を少なくする対処法を考え提案した。

「そんなことをしていていいのか」

猪作が言ってきたが、「はい」と答えてそのままにした。

今夜のことは、知らせない。何をしてくるか知れたものではない。

夕方、店を閉じる前に、弐吉は裏木戸から外に出た。樫(かし)の棒を手にしている。貞太郎や猪作には気付かれないように注意した。

奉公したときから米俵を担っているから、膂力(りょりょく)には自信があった。幼いときは、喧嘩(けんか)をしても、近所の悪童連に引けを取ることはなかった。ただ奉公してからは、人と力で争うことはなかった。今夜は特別だった。

樫の棒を握りしめた。

篠田と阿久津の相手は、杉尾と城野原がする。弐吉と冬太は、八之助の確保と万一の場合に備える。逃がしはしない。

薄暗くなった新シ橋近くの物陰に、弐吉は冬太と一緒に身を置いた。城野原もどこかに身を隠しているはずだった。

動いていた間は静かだったが、じっとしていると虫の音が聞こえ始めた。蚊もいるのが厄介だ。羽音を聞くと、手で払う。

「殺すわけにはいかないが、腕や足の骨くらいならば、折ってやる」

冬太が緊張した様子で、房のない十手を握りしめた。樫の棒を握る弐吉の掌に汗が湧いた。蚊の羽音など、気にならなくなった。

暮れ六つの鐘が鳴り始めたところで、提灯を手にした八之助が姿を見せた。新シ橋の袂で立ち止まった。

大ぶりな巾着を持っている。百両ということかもしれないが、中身はただの石だろう。周囲に目をやった。

そして杉尾が姿を見せた。近寄った二人は、少しばかり話をした。

弐吉は周辺の闇に目をやった。篠田や阿久津が潜んでいるはずだ。ただそれは見えない。

侍二人は、杉尾と城野原に任せるにしても、八之助も逃がすわけにいかない。じりじりと近づいた。いつ篠田と阿久津が飛び出してくるか分からない。

と、そのときだ。闇の向こうに、人の動きがあった。目を凝らした。

「あっ」

声を上げた。黒い人影が現れたが、それは篠田でも阿久津でもなかった。複数の侍の黒い影だ。

八之助が手にしていた提灯の明かりは、覆面をした不逞浪人の姿を映し出している。六、七人はいた。

「やられたっ」

弐吉は呻き声を上げた。ここへ現れるのは、篠田と阿久津だと決めつけていた。やつらは浪人者を雇ったのだ。

己の手を汚さず、暗闇に呼び出した杉尾を屠ろうとしたのだ。浪人たちは一斉に抜刀し、杉尾を取り囲んだ。

声を上げる者はいない。一人が斬りかかった。

浪人たちとほぼ同時に抜刀していた杉尾は、その一撃を払った。落ち着いた動きだ。

そこへ城野原も姿を見せた。今夜は、黒羽織を身につけていない。すでに抜いていた刀で、浪人者の一人に斬りかかった。容赦することはない。歯向かう者は、斬り捨てる腹だ。

杉尾を囲んでいた浪人者たちの陣容は、それで崩れた。

弐吉と冬太も、乱闘の中へ飛び出した。

「やっ」

杉尾に打ちかかろうとしていた浪人者の肩に向けて、樫の棒を振り下ろした。渾身の力をこめていた。

気配で気がついたのか、浪人者は振り向いた。こちらの一撃を、刀を振るって払った。

樫の棒は跳ね返されたが、その動きの予想はついていた。体勢にぶれは起きなかった。

弐吉は一足横に跳んで、浪人者の肘を打った。勢いづいた体が、目の前に出てきたところだった。

「うわっ」

樫の棒を持つ掌に、骨を砕いた手応えがあった。闇の中に、浪人者の体が倒れ込んだ。

けれどもそれで、ほっとしている暇はなかった。こちらの思惑は外れたが、そのままではいられない。

新たな浪人者が、弐吉の肩を目がけて一撃をふるってきた。すぐ近くでは、十手を抜いた冬太が、浪人者と争っている。杉尾や城野原にしても同様だ。

気になるのは、篠田と阿久津、八之助の動きだ。これらを捕らえなくては意味がない。ここへ現れたことが、猪作から百両を奪ったことの証拠になるからだ。

弐吉は肩を襲ってきた刀身を、樫の棒で払い上げた。腹を打ったが、効いたとは感じなかった。そのまま体がすれ違った。

そのときだ。八之助の姿が、目の隅に入った。通り合わせた者が、何やら叫んでいる。侍を交えた乱闘を目の前にして、驚き怯えの声を上げているのだ。その者たちは、手に提灯を持っていた。

八之助は、その人々の間を抜けて、闇の河岸道に走り出そうとしていた。

「そうはさせない」

弐吉も、争いの中から抜け出した。目の前にいる浪人者など、かまってはいられない。どうせ銭で雇われた者たちだろう。

「待て」

逃げる八之助を追った。

四

黒い影の動きは素早い。神田川南河岸の道を、西へ向かって駆けてゆく。弐吉も足には自信があったが、すぐには間が縮まらない。

必死で走ったが、どうにもならない。

「たあっ」

弐吉は手にある樫の棒を、逃げる八之助に向けて投げた。棒が、闇の中を飛んで行く。

それが足に絡んだ。

「わっ」

八之助が、前のめりになって転がった。駆け寄った弐吉は、その体に躍りかかった。

まず襟首を摑んで、相手の顔を殴りつけた。躊躇いはない。一発目で、唇の端が切れた。二発目で、歯が飛んだのが分かった。

怒りが、体の中で弾けた。

そこへ侍が現れた。一撃が、びゅうと風を斬って迫ってきた。

弐吉は、体を転ばせてそれを避けた。近くに落ちていた樫の棒を拾って立ち上がり、向かい合った。

相手は顔に布を巻いているが、身なりからして浪人者ではない。体つきから見て、篠田だと思われた。

「くたばれ」

脳天を襲う鋭い一撃だ。迫力が、前の浪人者とは違った。動きに無駄がない。樫の棒で横に払って、どうにか凌いだ。

棒が折れるかと怖れたが、それはなかった。ただ手は痺れた。

相手の刀身は止まらない。振り上げられたかと思うと、すぐに斜めに頬を襲う形で落ちてきた。

弐吉は樫の棒を顔の前に突き出しながら、横に跳んだ。相手の刃先が、樫の棒を掠った。その感触が、指先に伝わってきた。

寸刻の間、こちらの動きが遅かったら、顔を斜めに斬られていただろう。襲って来る恐怖を、気合いで払った。

「負けるものか」

精いっぱいに叫んだ。いくら侍でも、やられっぱなしではいられない。

また相手が篠田ならば、父弐助を死なせた侍主従の一人かもしれないということになる。はっきりしないことではあるが、そうだとしたら許せない。その気持ちも、胸のどこかにあった。

腰を据えた弐吉は、瞬間利き足に力を溜めた。一呼吸する間のことだ。

全身で相手に飛び掛かった。樫の棒の先端を相手の鳩尾に向けている。向こうは次の攻めに入ろうとする、間際のところだった。

殺すつもりはないが、避けられたとしても、体のどこかは突くことができると思った。

両手で樫の棒を突き出した。こちらの動きにぶれはない。いけると確信したが、直後に、かんと棒の先が鳴る音がした。弐吉の掌に、衝撃が残った。

そのまま、ぐいと押された。強い力だった。

思いがけない展開で、体がぐらついた。必死で足を踏ん張った。次の攻めを繰り出そうにも、こちらの体勢が整っていなかった。

さらに押されて、体が傾いでゆく。

相手はこちらの攻撃を察して、瞬時に反応したのだった。速さと力強さにおいて、町の破落戸（ごろつき）の喧嘩（けんか）とは違った。

刀身が、ごく近くから迫ってきた。これは樫の棒でどうにか払った。ただその動きには無理があった。

体がさらにぐらついた。

振り上げられた相手の刀身が、切っ先の向きを変えた。首筋めがけて振り下ろされてくる。

横に跳びたいが、今は立っているのがやっとだった。

「もう駄目か」

と思ったところで、目の前に棒の先が現れて、弐吉を襲おうとしていた刀身を撥（は）ね上げた。

助太刀が現れたのである。

「あっ」

弐吉は声を上げた。現れたのは、突棒（つくぼう）を手にした清蔵だった。

敵の刀身を撥ね上げた突棒は動きを止めず、その先端で敵の二の腕を突いた。決まるかと思ったが、相手は斜め後ろに身を引いていた。

紙一枚ほどの差で、先端は宙を突いた。さらに先端は、相手の腕を追うかと思われたが、すっと後ろへ引かれた。

清蔵は、深追いをしなかった。

体勢を整えて、次の攻めの好機を狙うつもりらしい。

清蔵はそれなりの歳だが、矍鑠としている。刀を抜いた侍を相手に、まったく動じていない。隙というものが窺えなかった。

相手は攻めあぐねているようだ。

弐吉は横手から、侍の肩を打ってやろうと考えた。二人掛りでも卑怯だとは思わない。相手は侍だし、こちらは刃物ではなかった。米の値を謀りの道具にして、一儲けを狙った悪党たちでもある。

じりと前に出た。いつでも突き出せる体勢を整えていた。

相手は弐吉の動きに気づいたようだ。一歩、後ろに身を引いた。分が悪いと感じたらしかった。

そしてここで、さらにもう一人侍が現れた。浪人の身なりではない。顔に布を巻いているが、阿久津だと察せられた。

新たに現れた侍は、切っ先を弐吉に向けた。

怖れはないが、また状況が変わった。体の向きを変えながら、樫の棒を握りしめた。憎しみの思いをこめて身構えた。

気持ちは逸るが、相手は刀身を正眼に向けたまま動かない。篠田とは違って、すぐには動きを見せなかった。

睨み合ったが、痺れを切らした弐吉が、小手を打ちに出た。短い樫の棒では、大きな動きには出られない。

相手は、それを軽々と払うと、逆にこちらの肘を突いてきた。弐吉は体を慌てて引いた。樫の棒で、一撃をどうにか凌いだ。

すると今度は、相手が前に出て来ようとした。

そのときだ。弐吉の背後から、乱れた足音が響いてきた。

「浪人どもは、逃げうせたぞ」

冬太が叫んでいた。

覆面の侍二人は、その声で明らかに動揺した。身を引いて逃げようとしたが、そうはさせない。

城野原と杉尾が駆けつけてきた。冬太はどこで手に入れたか、提灯を持っていた。

これまで清蔵と弐吉が対峙していた二人の侍に、城野原と杉尾がそれぞれ向かい合った。

弐吉は体を引いたが、すぐに周囲に目をやった。この戦いで、八之助を逃がしてしまうわけにはいかない。

淡い提灯の明かりが幸いした。少しずつ争いから身を引いて、闇の中に紛れ込もうとしている八之助の姿を捉えることができた。

弐吉は駆け寄った。気づいた八之助は走ろうとしたが、弐吉がその帯を摑んだ方が早かった。

ぐいと引いて足をかけた。腰も入っていた。

八之助の体が、ふわっと浮いた。力いっぱい、地べたに投げつけた。

「うえっ」

受け身など、取れなかったのかもしれない。あおむけに倒れた八之助は、すぐには起き上がれなかった。

冬太が駆け寄ってきて、手早く縄をかけた。

このとき、刀身が激しくぶつかり合う金属音が響いた。弐吉と冬太が目をやる。

「たあっ」

気合いを入れた杉尾の刀が、相手の右の二の腕をざっくりと斬りつけた。斬られた相手の刀が、闇の中に飛んだ。

相手が片膝をついたところで、杉尾は手拭いで右腕の付け根を縛り上げた。止血をしたのである。縄もかけた。激痛に呻き声を上げたが、かまわなかった。続けて、顔の布を剝ぎ取った。

「阿久津だな」

冬太が声を上げた。

残った一人を、他の者が取り囲んだ。

城野原が肩に打ち込むと、相手はそれを払おうとしたが、集中力に欠けていた。周りが気になったのだ。あっけなく、肩を峰で打たれた。

「ううっ」

刀を落としたところで、弐吉と冬太が躍りかかった。後ろ手にして、縛り上げた。顔の布を剝ぎ取った。

黒崎家の用人篠田だった。顔を歪めていた。

三人は、かねて用意しておいた薪炭屋の空き小屋に、縛って押しこんだ。自白など求めない。この場に現れたというだけで充分だった。

「ありがとうございます」

弐吉は、清蔵に礼を言った。事情は伝えていたから、突棒を手に出てきてくれたのである。

「おまえを死なせるわけには、いかないからな」

清蔵は、にこりともしないで言った。そしてすぐに引き揚げていった。

昼間、杉尾は三通の文を用意していた。昨日篠田たちに渡した文とは別のもので、内容は三通とも同じになっている。捕らえた三人がした企みについて記し、杉尾はこれを公にすると告げていた。生き証人はこちらの手にある。

追い詰められているので、自分はもうどうなってもよい。しかし内密に事を収めたいならば、三十二両ずつを持って、明日昼四つ（午前十時頃）に新シ橋袂へ来いと記していた。

文には、それぞれ三人が身に着けていた着物の片袖をつけた。文は、弐吉と冬太で黒崎家と下曽根家、それに飯岡屋へ届けた。

五

翌日、昼四つ前に弐吉と冬太、それに杉尾の三人が、新シ橋の袂に立った。六月も、最後の一日だ。

川端には小菊が咲いているが、まだまだ日差しは強い。

昼間だから、通行人はそれなりにあった。荷車も通るし、振り売りの姿も目についた。川面を、荷船が行き過ぎてゆく。

人質を得ている以上、刀を抜いての襲撃はないと踏んでいた。ただ万一のことを考えて、城野原も物陰に身を潜めていた。

「やつら、来るかな」

「そりゃあ、来るでしょう。囚われた家臣や奉公人はともかく、家名や屋号は守りたいでしょうからね」

冬太の言葉に、弐吉は返した。そして昼四つの鐘が、鳴り響いてきた。

まず姿を現したのは、飯岡屋の主人庄兵衛だった。

「侍が来ませんね」

弐吉は、注意してそれぞれの道に目をやった。黒崎禧三郎や下曽根茂右衛門自身が姿を現すとは思わなかったが、それらしい主持ちの侍が姿を見せてもいいと考えていた。

「あれは」

冬太が指差した。

初老の中間二人が姿を見せた。

「どうやらそれらしいな」

庄兵衛の側に寄って、冬太が声をかけた。

「おい」

「九十六両を持ってきました」

巾着に入った重たいものを、庄兵衛は差し出した。朝の内に、三家は顔を合わせ、金は飯岡屋が持って来ることになったと告げた。

「飯岡屋が、すべて出したのか」

「滅相もない。三人が企んだことでございます」

庄兵衛はそう言ったが、八之助の独断ではなく、知っていたのは間違いなかった。おそらく黒崎も同様だろう。

下曽根については、分からない。

「金子は、等分で出しました」

と庄兵衛は話した。受け取った杉尾は、土手に下りて数を検めた。これには弐吉も加わった。

「確かにあるぞ」

二人は頷(うなず)き合った。

薪炭小屋から、一人ずつ連れ出した。すでに縄は解いている。

「これを持って帰ってもらいましょう」

弐吉が用意した書状を、篠田と阿久津、庄兵衛に持たせた。篠田は黒崎に、阿久津は下曽根に渡させる。

『今後　何があっても　杉尾殿に手出しは無用　何かあれば　此度(こたび)のことは公になりにて候　杉尾殿は漏らさじ』

この一件が落着した後、報復として杉尾が襲われることがあってはならない。それを案じてのものだ。互いに漏らさなければ、それぞれが己を守ることになる。それは笠倉屋を含めて、承知のこととしてなされた取引だった。念を押したのだ。

八之助は、庄兵衛が連れて行った。

怪我をしている篠田と阿久津は、辻駕籠(つじかご)に乗せた。中間が連れ添って、引き揚げていった。

九十六両に、杉尾が十両を加えた。

「これで金子は返したぞ」

杉尾はほっとした顔で言った。そして改めて、六両を受け取った。

「世話になった。これで支払いができる」

と言って頭を下げた。これから、本所相生町の薬種商い淡路屋へ向かうそうな。

「何よりです」

「今日が、返済の期日だったからな」

杉尾は立ち去っていった。晴れ晴れとした様子だ。

弐吉は百両を抱えて、笠倉屋へ向かった。

「弐吉さん」

蔵前橋通りを歩いていると、声をかけられた。お浦だった。

「ずいぶん、嬉しそうな顔をしているじゃないか」

「ええまあ」

「例の一件が、片付いたんだね」

「はい。そうなんです」

嬉しいことは、伝えたかった。

「そりゃあよかった」

お浦は弐吉の口に、飴玉を入れてくれた。

「ご褒美だよ」

満面に笑みを浮かべている。百両で飴玉一個かとも思ったが、それでも満足だった。口の中に、甘さが広がった。

店の敷居を跨ぐと、帳場にいた清蔵と目が合った。今回の企みについては、百両を手にするまで笠倉屋の者の内、清蔵以外はお文にしか話していなかった。

弐吉の顔を見て、清蔵はことがうまく運んだと察したらしかった。帳場には、金左衛門と貞太郎の姿もあった。

猪作は札旦那と対談していて、ちらと目を向けただけだった。

清蔵は貞太郎を促し、金左衛門と共に奥の部屋へ行った。そして少しして、弐吉と猪作も奥の部屋へ呼ばれた。

そこにはお狛とお徳の姿もあった。弐吉と猪作は、敷居を隔てた隣の部屋へ入った。

「何だよ、人騒がせだねえ」

お狛が、いかにも面倒そうな口調で言った。

「弐吉、取り返してきた金子をお出ししろ」

清蔵が言った。

「えっ」

このとき小さな声を漏らしたのは、猪作だった。膝の上に乗せた手が、ぎくりと震えたのが見えた。

「はい。猪作さんが奪われた百両でございます」

巾着から百両の小判を出して、それを敷居の向こう側へ置いた。

「おおっ」

はっきり驚きの声を出したのは、貞太郎だった。しかし貞太郎は、すぐにその顔を引き締めた。小判から目を逸らした。

すると金左衛門が言った。

「おまえが奪われた金子だ。数を検めろ」

有無を言わせない口ぶりだった。「おまえが奪われた」というところに力が入っている。

実際に奪われたのは猪作だが、金左衛門は貞太郎の不始末だと告げていた。

「は、はい」

貞太郎は今の言い方に不満があるらしかったが、言い返すことはできなかった。

小判を一枚一枚、皆が見ている前で数えた。

「百両、確かにあります」

悔し気な顔になって答えた。奪われた金子が返ってきたわけだが、嬉しそうではなかった。

猪作も同様だ。ただこのときは、膝の手だけでなく、背筋までが小さく震えていた。金子が戻ってきた安堵というよりも、してやられたといった顔だ。

猪作がしくじって奪われた百両を、誰よりも気に入らない弐吉が取り返してきた。

「でかした。よくやった」

褒めたのは、金左衛門だった。

「ど、どうやってこれを」

問いかけてきたのは貞太郎だ。

「奪われても、訴えることのできない使い道の金子でございました」

「…………」

問われるだろうとは、予想していた。とはいえこちらを、金子について賊に密告したと以前この場で告げた相手である。責める気持ちもあった。

こうなっては貞太郎も猪作も二度と口にしないだろうが、弐吉は忘れない。

「取り返すにあたっても、公にはできない手立てにて」

詳しく説明をするつもりはなかった。胸の奥には、不始末の尻ぬぐいをさせられたという気持ちもある。

それで貞太郎は何か言おうとしたが、言葉を呑み込んだ。不正を承知で悪巧みをなし、金子を奪われたのは、他ならない貞太郎と猪作である。

「それにしても、取り返すのにずいぶん手間がかかったねえ。何をもたもたしていたんだい」

と責める口調で言ったのは、お徳だった。腹立たし気な顔だ。弐吉がした苦労については、思いを及ぼすこともない。

「まったくだよ。お陰で他の手代たちは、一人いない分だけ忙しい思いをしたんだ。それをどう考えているんだろ」

お狛が続けた。奉公人の苦労など、ついぞ口にしたことのない二人である。弐吉は体を硬くして、沸き上がる怒りを抑えた。

「用は済んだ。店に戻るがいい。札旦那たちを待たせるんじゃないよ」

お狛が告げた。お徳が大きく頷いた。二人から、ねぎらいの言葉はなかった。

「はい」

頭を下げると、弐吉と猪作は廊下へ出た。

数歩行って店に出る角の所に、お文が立っていた。やり取りを聞いていたのかもしれない。

猪作には一顧だにせず、弐吉に顔を向けていた。

「大役、お疲れさまでした」

にこりともしないが、ねぎらいの気持ちが伝わってきた。

「ありがとうございます」

胸の内に渦巻いていた憤りが、それですっかり治まった。

六

五日後、七月になって暦の上では秋だが、残暑の厳しい一日だった。

この日も弐吉は、朝から札差(ふださし)の手代として、札旦那たちと対談をしていた。目の前にいるのは、痩身(そうしん)の浅黒い顔の侍だ。三年先の禄米(ろくまい)まで担保に取って貸している。

しかしもう貸せないという相手ではなかった。

高額になれば、返済がたいへんになる。それを伝えながら、貸せる金額を詰めてゆく。

隣では、猪作が初老の札旦那と対談していた。

「何を無礼なことを申すか。札差は、我ら札旦那あってのものだぞ」

初老の札旦那が、猪作を相手に声を荒らげている。五年以上前の貸金が、まだ返済されていない。また求める額も大きかったので、貸せる話ではなかった。やりにくい相手といってよかった。

ただ手代としては、できるだけ相手を怒らせず話を収め、帰らせなくてはならなかった。ここのところ、猪作は話をこじらせ札旦那を怒らせることが多くなった。

対談の時間が、その分だけ長くなる。

「おまえが、ことを急ぐから、相手は腹を立てるのだ」

昨日は、金左衛門に叱られていた。その前の日には、清蔵に注意をされた。

百両が取り戻された話は、その日のうちに、清蔵から奉公人たちに伝えられた。

誰が取り戻したかについては触れられなかったが、皆は弐吉だと分かっていた。

「猪作も、おちおちしてはいられないだろうよ」

佐吉が口にしていた。

改めて何かを言う者はいなかったが、弐吉に対する接し方が変わった。それまで猪作に近かった小僧の太助や竹吉が、気遣いをするようになった。

「どうしたらいいでしょうか」

指図を仰ぎにくる。

そして猪作には、大きなしくじりをした者としての目を向けるようになった。それが分かるから、猪作は苛立つようになり、札旦那への接し方が粗雑になった。相手は気位の高い直参だ。

金左衛門や清蔵は、小僧らの前でも容赦なく猪作を叱った。お狛やお徳は、百両の件を小さなこととして終わらせようとしたが、奉公人たちはそうは思っていない。帳尻が数文合わなくて、食事の時間が一刻も遅れることがある。

金左衛門や清蔵にしても同様だ。札差は、銭を扱う商人である。たとえ一文でも粗末にはしない。

もともと貞太郎は、商いに身の入らない若旦那として見られていたが、今度の一件では、さらに分別のない若旦那という見方をされるようになった。

自分でも、それは感じるのかもしれない。他人のことには鈍感だが、己のことだと過敏になる。

夕方になると、店を出て行った。夕刻になるのを、待っているようだ。

商いへの意欲がますます薄れたように見える。

猪作が相手をする札旦那の怒りは、なかなか収まらない。

「このままでは、帰れぬぞ」

「ご無礼をいたしました」

相手の老人の声が、大きくなっている。頭を下げるが、帰らせるのには手間がかかりそうだった。同情はしない。

弐吉は自分の札旦那との対談が済んで、店の外へ送り出した。

すると通りに、冬太の姿が見えた。傍へ寄ってきたので、軒下で話をした。

「あの後の黒崎家や下曽根家、飯岡屋のことが気になったので調べてみた」

弐吉も気になってはいた。黒崎は札旦那だが、店に顔出しをしていなかった。どこも見当がつかない。

「阿久津は、腹を切らされたぞ」

「ほう」

「御奥御祐筆組頭の下曽根茂右衛門は、やはり厳しい殿様だったようだ。しかも襲撃のことは、知らなかったらしい」

家中の恥と金は出したが、激怒したに違いなかった。屋敷に奉公する若党から聞き出したとか。

「阿久津様は、己のために金が欲しかったわけですね」

「殿様のお役目を利用したわけだからな、分かれば生きてはいられなかっただろうよ」

下曽根家にしたら、外へは出せない話だ。阿久津には、腹を切らせるしかなかったのだろう。

一方、篠田にしてみると、主人の猟官のための金子が欲しかった。それは御家のためでもあり、殿様の禧三郎も承知のことだった。

「四谷塩町一丁目の茶道具を扱う矢代屋へ行ってみた」

黒崎が、溝口に賄賂として贈るために、鼠志野の茶碗を買い入れた店だ。

「何かありましたか」

「一昨日に、篠田が顔を見せたようだ」

「腹は切っていないのですね」

「まあ、阿久津とは事情が違うからな」

事が公になるならば、蜥蜴の尻尾切りさながらに、腹を切らせて己は知らぬとするだろう。だが今は、その必要がない。

「次は茶入れを贈るつもりだったらしいが、買えないと言ってきたそうな」

「入る予定だった金が、入らなくなったからですね」

「そういうことだ」

金がなければ、猟官運動はできない。さすがに笠倉屋を頼るのは、無理な話だろう。

「矢代屋へは何をしに」

「八之助は、田舎廻りに出たらしい」

「金策ですね」

「そうだ。たいへんでも、初めからそうすればよかったのだ」

冬太は伝え終えると、思いがけないことを口にした。

「お文さんは、達者か」

いきなりお文を話題にしたので、びっくりした。

「まあ」

「そうか。あの玉子焼きはうまかった」

調べの途中で、一切れ分けてやったことがあった。そのことを言っている。

「何をいまさら」

と思ったが、問いかける前に冬太は立ち去ってしまった。そして弐吉は、お文のことを考えた。縁談が出ているのは間違いない。その後どうなっているかは、分からないままだった。

問いかけたいところだが、弐吉にはそれができなかった。

お文が望んでいるのならば、めでたい話だ。けれどもお文は望んでいない様子だった。どうすることもできないのが、歯痒(はがゆ)かった。

本書は書き下ろしです。

成り上がり弐吉札差帖

貼り紙値段

千野隆司

令和６年 ２月25日　初版発行

発行者●山下直久

発行●株式会社KADOKAWA
〒102-8177　東京都千代田区富士見2-13-3
電話　0570-002-301（ナビダイヤル）

角川文庫 24044

印刷所●株式会社暁印刷
製本所●本間製本株式会社

表紙画●和田三造

ISBN 978-4-04-114630-9　C0193

◇◇◇

角川文庫発刊に際して

角川源義

第二次世界大戦の敗北は、軍事力の敗北であった以上に、私たちの若い文化力の敗退であった。私たちの文化が戦争に対して如何に無力であり、単なるあだ花に過ぎなかったかを、私たちは身を以て体験し痛感した。西洋近代文化の摂取にとって、明治以後八十年の歳月は決して短かすぎたとは言えない。にもかかわらず、近代文化の伝統を確立し、自由な批判と柔軟な良識に富む文化層として自らを形成することに私たちは失敗して来た。そしてこれは、各層への文化の普及滲透を任務とする出版人の責任でもあった。

一九四五年以来、私たちは再び振出しに戻り、第一歩から踏み出すことを余儀なくされた。これは大きな不幸ではあるが、反面、これまでの混沌・未熟・歪曲の中にあった我が国の文化に秩序と確たる基礎を齎らすためには絶好の機会でもある。角川書店は、このような祖国の文化的危機にあたり、微力をも顧みず再建の礎石たるべき抱負と決意とをもって出発したが、ここに創立以来の念願を果すべく角川文庫を発刊する。これまで刊行されたあらゆる全集叢書文庫類の長所と短所とを検討し、古今東西の不朽の典籍を、良心的編集のもとに、廉価に、そして書架にふさわしい美本として、多くのひとびとに提供しようとする。しかし私たちは徒らに百科全書的な知識のジレッタントを作ることを目的とせず、あくまで祖国の文化に秩序と再建への道を示し、この文庫を角川書店の栄ある事業として、今後永久に継続発展せしめ、学芸と教養との殿堂として大成せんことを期したい。多くの読書子の愛情ある忠言と支持とによって、この希望と抱負とを完遂せしめられんことを願う。

一九四九年五月三日

角川文庫ベストセラー

入り婿侍商い帖 大目付御用（一）
千野隆司

仇討を果たし、米問屋大黒屋へ戻った角次郎は、大目付・中川より、古河藩重臣の知行地・上井岡村の重税を告発する訴状について、商人として村に潜入し、探るよう命じられる。息子とともに江戸を発つが……。

入り婿侍商い帖 大目付御用（二）
千野隆司

米問屋・和泉屋の主と、勘当された息子が殺し合う事件が起きた。裏に岡部藩の年貢米を狙う政商・千種屋の意図を感じた大目付・中川に、吟味を命じられた角次郎だが、妻のお万季が何者かの襲撃を受け……!?

入り婿侍商い帖 大目付御用（三）
千野隆司

札差屋を手に入れ、ますます商売に精を出す角次郎らに、旧敵が江戸に戻ったという報せが入る。その矢先、舅の善兵衛が暴漢に襲われてしまう。仇討ちを誓う角次郎らは、陰謀を打ち砕くことができるのか？

入り婿侍商い帖 凶作年の騒乱（一）
千野隆司

米商いの幅を広げる角次郎。だが凶作の年、信頼関係を築いてきた村名主から卸先の変更を告げられる。さらに村名主は行方不明となり……世間の不穏な空気と、大黒屋に迫る影。角次郎は店と家族を守れるか？

入り婿侍商い帖 凶作年の騒乱（二）
千野隆司

『悪徳米問屋大黒屋の売り惜しみを許すまじ』――。凶作で米の値が上がり続ける中、何者かがばらまいた読売。煽られた人々の不満は大黒屋に向かい、打壊しまでもが囁かれ始め……人気シリーズ新章第二弾！

角川文庫ベストセラー

入り婿侍商い帖
凶作年の騒乱（三）

千野隆司

打壊しの危機を乗り越えた大黒屋。角次郎は長く大黒屋を支える番頭の直吉に暖簾分けを考えるも、その矢先、直吉が殺人疑惑で捕まった。直吉を救うため奔走する一同だが、何者かが仕掛けた罠は巧妙で……？

入り婿侍商い帖
外伝 青葉の季節

千野隆司

善太郎の親戚が巻き込まれた〝婿入り試合〟騒動、お転婆娘のお波津が果敢に立ち向かう祖母と孫の危機、米問屋の女主人として成長するお稲が出会った貧しい武家の姉弟……人気シリーズ、瑞々しい短編集！

新・入り婿侍商い帖

千野隆司

10月。切米の季節で、蔵前は行きかう人でにぎわっている。しかし、羽黒屋の切米が何者かによって奪われてしまった！ 五月女家の家督を継いだ善太郎は、羽前屋のお稲の妊娠を知る。2人が選んだ結末は……。

新・入り婿侍商い帖
嫉妬の代償

千野隆司

善太郎の実家にさらなる災難が！ 切米騒動に隠された裏側とは……また、身重のお稲と善太郎、若い2人の選んだ道は……お互いが思いやる心が描かれる、感動の新シリーズ第2弾！

新・入り婿侍商い帖
二つの祝言

千野隆司

善太郎との間に生まれたお珠を久実に見せるため、五月女家に向かっていたお稲は、何者かに襲われる。さらに、大黒屋に、大口の仕事が舞い込んでくる。善太郎はお家存続のため、事件解決に向けて奔走する！

角川文庫ベストセラー

新・入り婿侍商い帖 遠島の罠（一） 千野隆司

羽前屋に旗本吉根家の用人から、米を引き取ってほしいと依頼があった。同じ頃、角次郎は藩米の仲買問屋の寄合いで、仙波屋に声をかけられ、吉根家を紹介される。どうやら取引には裏がありそうで……。

新・入り婿侍商い帖 遠島の罠（二） 千野隆司

冤罪で遠島になってしまった、大黒屋の主・角次郎。協力関係にある羽前屋の助けを借りつつ、罪をかぶせた犯人探しに奔走する善太郎。善太郎の苦悩、そして成長に目が離せない新章第2弾！

新・入り婿侍商い帖 遠島の罠（三） 千野隆司

八丈島へ流された角次郎は、流人らとともに生活の基盤を築いていく。一方江戸では、善太郎が角次郎を呼び戻すため奮闘していたが、戸締の最中に商いをしていたことが取りざたされ、さらに困難な状況に！

新・入り婿侍商い帖 古米三千俵（一） 千野隆司

7月下旬。角次郎の冤罪も晴れ、大黒屋の賑わいも昔に戻っていた。今年の作柄も良く、平年並みの値で米の取引ができると、善太郎たちが喜んでいた。しかし、羽前屋を貶めようと、新たに魔の手が忍び寄る——。

新・入り婿侍商い帖 古米三千俵（二） 千野隆司

蔵に残る三千俵の古米と、田を襲撃する飛蝗の群れ、大怪我を負い意識の戻らぬ銀次郎——。度重なる災難の中、仲間と刈入れ直前の稲を守るため、善太郎はある覚悟を決めて村に向かうのだが……。

角川文庫ベストセラー

高家表裏譚1 跡継　上田秀人

幕府と朝廷の礼法を司る「高家」に生まれた吉良三郎義央（後の上野介）は、13歳になり、吉良家の跡継ぎとして将軍にお目通りを願い出た。三郎は無事跡継ぎとして認められたが、大名たちに不穏な動きが——。

武士の職分 江戸役人物語　上田秀人

表御番医師、奥右筆、目付、小納戸など大人気シリーズの役人たちが躍動する渾身の文庫書き下ろし。「出世の重み、宮仕えの辛さ。役人たちの日々を題材とした、新しい小説に挑みました」——上田秀人

隠密同心　小杉健治

隠密廻り同心のさらに裏で、武家や寺社を極秘に探索する隠密同心。父も同役を務めていた市松は奉行から密命を受け、さる大名家の御家騒動を未然に防ごうと捜査を始める。著者が全身全霊で贈る新シリーズ！

おとっつあん 八丁堀赤鬼忠孝譚　小杉健治

孤児を引き取って育てる篤志家と、彼を親の仇とつけ狙う若き侍の浅からぬ因縁——『父からの手紙』の小杉健治が、親と子に通う情を軸に、さまざまな人生模様が交錯するさまを描き出す人情時代ミステリ！

向島・箱屋の新吉　小杉健治

28歳の新吉は、向島で箱屋をしている、女たちの目を引く男だった。ある日、「桜屋」の主人の絞首体が見つかった。同心は自死と決めつけていたが、新吉は現場に手拭いが落ちていたことから他殺を疑い……。

角川文庫ベストセラー

角川文庫ベストセラー

孤篷のひと　葉室　麟

千利休、古田織部、徳川家康、伊達政宗――。当代一の傑物たちと渡り合い、天下泰平の茶を目指した茶人・小堀遠州の静かなる情熱、そして到達した〝ひとの生きる道〟とは。あたたかな感動を呼ぶ歴史小説！

天翔ける　葉室　麟

幕末、福井藩は激動の時代のなか藩の舵取りを定めきれず大きく揺れていた。決断を迫られた前藩主・松平春嶽の前に現れたのは坂本龍馬を名のる1人の若者。明治維新の影の英雄、雄飛の物語がいまはじまる。

青嵐の坂　葉室　麟

扇野藩は財政破綻の危機に瀕していた。中老の檜弥八郎が藩政改革に当たるが、改革は失敗。挙げ句、弥八郎は賄賂の疑いで切腹してしまう。残された娘の那美は、偏屈で知られる親戚・矢吹主馬に預けられ……。

月神（げっしん）　葉室　麟

明治13年、内務省書記官の月形潔は、北海道に監獄を造るために横浜を発った。自身の処遇に悩む潔の頭に浮かぶのは、志士として散った従兄弟の月形洗蔵だった。2人の男の思いが、時空を超えて交差する。

おそろし　三島屋変調百物語事始　宮部みゆき

17歳のおちかは、実家で起きたある事件をきっかけに心を閉ざした。今は江戸で袋物屋・三島屋を営む叔父夫婦の元で暮らしている。三島屋を訪れる人々の不思議話が、おちかの心を溶かし始める。百物語、開幕！